故老相传：

世界覆没之前，

会有一个正直的孩子冒险回到人类的起点，

拯救人类的命运。

小鱼快跑

马尚田 著

浙江工商大学出版社
ZHEJIANG GONGSHANG UNIVERSITY PRESS

图书在版编目 (CIP) 数据

小鱼快跑 / 马尚田著. — 杭州：浙江工商大学出版社，
2018.9

ISBN 978-7-5178-2846-4

Ⅰ.①小… Ⅱ.①马… Ⅲ.①长篇小说－中国－当代
Ⅳ.① I247.5

中国版本图书馆 CIP 数据核字 (2018) 第 153886 号

小鱼快跑

马尚田 著

责任编辑	唐　红　梁春晓
封面设计	赵　墨
插图绘制	钟　凌
内文排版	林朦朦
责任印制	包建辉
出版发行	浙江工商大学出版社
	（杭州市教工路 198 号　邮政编码 310012）
	（E-mail：zjgsupress@163.com）
	（网址：http://www.zjgsupress.com）
	电话：0571-88904980　传真：0571-88831806
印　　刷	杭州五象印务有限公司
开　　本	880mm×1230mm　1/32
印　　张	5.75
字　　数	110 千
版印次	2018 年 9 月第 1 版　2018 年 9 月第 1 次印刷
书　　号	978-7-5178-2846-4
定　　价	28.80 元

推荐序

唤醒心中沉睡的巨人

钟积成

生命教育家

国际经典情商教育系统课程导师

马来西亚马六甲文教基金会理事长

全球经典教育基金会委员

马哥去年才出版了《老马价值观》，没想到上个月在北京聚餐时，他笑着告诉我，《小鱼快跑》又将出版了。我真为他高兴！

读完《小鱼快跑》的原稿，我立马感到，马哥变成比"小马"更小的"幼马"了，他将来肯定能上天堂。为什么我会这么想呢？每次上完经典情商教育系统课程时，看着同学们的脸，从第一天的长脸变成短脸，最后变成儿童般充满纯真的笑脸时，我总会引述耶稣的话"只有儿童般的心才会上天堂"来恭贺大家。今天的马哥不是更上一层楼了吗？

《三字经》有云："人之初，性本善，性相近，习相远，苟不教，性乃迁。"因此，教育的宗旨不就如古圣先贤所说的，让人们复归婴儿，返老还童，返璞归真，回归本性，明心见性吗？

国学大师南怀瑾先生在其著作《话说中庸》中说："'修道之谓教'这一句，说明学问修养之道，是要使它还归本净，而合于天然本性纯善之道的境界，这便是教化、教育的宗旨。" 如今，这个世界被污染得愈来愈严重，人们活得愈来愈老化与沉重，马哥这本现代寓言小说岂不就是教育的及时雨吗？

环保问题的确是越来越严重了！ 2015年11月30日，在法国巴黎的联合国分部召开的被认为是"拯救地球最后良机"的气候大会，经过了十四天的马拉松会议后，全球195个国家代表终于一致通过了《巴黎协议》，决定全球携手抗暖化。再不拯救，人类恐怕活不过本世纪了！

人类为何会面临这史无前例的严重危机呢？正如马哥在书中所说的"人们追求感官的享受，而忽视了周遭的痛苦"，可不是吗？地球已有46亿年的历史，从300多万年前的旧石器时代开始，人类进入了漫长的渔猎时代，基本上对大自然的破坏不大。到了1万年前，人类进入了农耕时代，为了争取耕地而大量砍伐森林，大自然开始被破坏了，但我们众生赖以生存的大地母亲还能扛得住。可到了200

多年前的工业革命后，人们对物质的欲望快速膨胀，大地惨遭掠夺、破坏，表面上看人类快速迈入了现代化，可事实上人类渐渐地走向了灭顶的边缘，使得多少国家 "国在山河破"。人类真是捡了芝麻丢了西瓜，被蹂躏的山河要付出多少代人的心血才能挽回呢？

诚如马哥所言，"自工业社会以来，人们大肆进行了一场不可逆的环境破坏"，因此这种所谓现代化进步，是没有文化做基础的进步，实质上是假进步！《礼记》有云 "毋不敬"，中国古圣先贤教诲我们对万事万物不能存有不敬畏之心，现代人对哺育万物成长的地球母亲都敢伤害，何其大逆不道！这难道不是极其野蛮、没文化的表现吗？

孟子教诲我们说："亲亲而仁民，仁民而爱物。"说的是人们首先一定要亲近、热爱自己身边的至亲；以此为基础，进而善待人民，因为人人为我，我必为人人；进而热爱感恩天地万物。没了这一切，人类还能生存下去吗？因此孟子教诲我们要从小孝走向大孝，进而走向至孝之路。中国古代的圣贤总是这样教诲人民要化小爱为大爱，没了大爱，还有啥小爱呢？

人心是肉做的，道是相通的。难怪《第五项修炼》作者、美国优秀经济学泰斗彼得·圣吉在其近著中说："中国文化不仅是中国的精神财富，对于西方甚至全世界都是很有帮助的，尤其是当今这个时代，世界和人类正值生死攸关之际，正需要学习和借鉴中国文化中的宝贵思想。"

彼得·圣吉还说，"从当下看来，古代中国天人合一与慈悲为怀的包容文化将重获新生，并成为全人类与自然万物和谐发展的价值源泉。"

因此，马哥通过这种老少咸宜、妙趣横生并充满中国智慧的寓言小说来唤醒人们，不也是时代所需吗？

世界在快速沉沦，要拯救世界，唯有靠努力培养越来越多的高素质人类了，舍此尚有他途乎？我们这二三十年来极力推广经典文化教育，就是试图用全人类从古至今最优秀最伟大的圣贤伟人的智慧，去唤醒每个作为"小宇宙"的人内心深处隐藏着的宇宙密码——本性、良心、明德、道心，也就是马哥在小说中说的"人性"，让人们站在巨人的肩膀上看世界，唤醒自己心中沉睡的巨人，世界才能因此得救。

联合国的《儿童宣言》中说："人类应该把最优秀的东西留给我们的下一代。"我们当父母和老师的，谁不想给孩子最优秀的东西，可是，什么是最优秀的东西？恐怕绝大部分父母和老师都是不甚了解的。经典不就是各个领域里人类智慧的最高结晶吗？还有什么比经典更优秀的呢？所以，经典教育实质上就是古今中外最优秀的圣贤伟人的智慧的教育。父母的爱和教师的爱是世界最广泛和最伟大的力量，我们应该极力唤醒天下父母和教师，让他们行动起来，给予孩子们（包括自己）这种最高尚、最优秀的圣贤教育。马克思说"人是环境的产物"，中国古人也说"近朱者赤"，如此一来，人们将来不就更容易成为"赤金"了吗？世界不就能免于苦痛，早日实现大同理想了吗？

总之，努力创造人类和大自然的经典文化环境，让人们尤其儿童在经典文化环境中耳濡目染、潜移默化，日久必然见功夫。经典文化教育又分为文字读经与美育读经两部分：文字读经即背诵古今中外经典和阅读大量世界名著、伟人传记、科普读物；美育读经则欣赏世界名画、雕塑、书法、经典电影等艺术品，以及品味大自然这天地之杰作，并聆听世界经典音乐、歌剧、话剧及天籁之音。而优秀的寓言小说、绘本、漫画、动画等让儿童喜闻乐见的艺术形式，不也是人类经典文化之作吗？马哥以此形式来唤醒人们的环保意识，不是更能广为人们所接受吗？

面对当今这个充满着私心和排他性的世界，看来我们只有推行不分国界、不分民族、不分宗教的经典文化教育，才能最有效地唤醒全人类和团结一切可以团结的力量去共同实现大同理想。

两千多年前，人类的至圣先师孔夫子提出大同理想："大道之行也，天下为公。选贤与能，讲信修睦……"这个大同世界，是全人类几千年来梦寐以求的。马哥在这部作品中所描绘的"自然生态文明的理想社会"近乎于此。让我们全人类为此而奋斗终生吧！

2018-5-20 写于南京

CONTENTS
目录

引子

夏秋之季，雨住风收时节，珠滚芭蕉，荷生白露，满天里云蒸霞蔚。

忽然，一声寒鸦哀鸣，惊飞数只鸟雀。原来，须弥山的最南端，正召开放生法会。这里，集聚了来自世界各地的最珍稀的鸟类，新西兰枭鹦鹉、巴西秋沙鸭、圣诞岛军舰鸟、摩洛哥的欧洲秃鹫和帕里拉雀、洪都拉斯祖母绿蜂鸟、黑冠鹭鸨、亚洲朱鹮……钟鼓声响，庄严肃穆，便见一片片斑斓彩翼，自丛林中飞起，直上云天。

只是奇怪的是，这些禽鸟被放生之后，并不四散离去，而是排起方阵，在一只长尾大鸟的带领下向更南方飞去。原来，这群禽鸟的前面，还有更多的羽雀，黑压压的，遮天蔽日。

长尾大鸟的视野之左，是一群野兽，乌泱泱地铺满了陆地，在角马、羚羊群中，混杂着大象、野猪、麋鹿之类，还有一群野狼……此时，这些天生的敌手相安无事，只是成群地向南方窜去。领先奔跑的一只雄狮，鬃毛低垂，夹着尾巴，不再是往日称王称霸的样子，倒像丢盔卸甲无心恋战的将军，带着夺路逃亡的架势。

视野之右，是一望无际的海洋。这里，同样是"今日客满"的模样。往日辽阔的大海，此刻像变小了，波光闪耀，锦鳞游泳，不知是水在鱼中，还是鱼在水里。体型巨大的鲨鱼混进鱼群当中，乖乖地随队前行，平日凶神恶煞般的虎头鲨，此刻便是温和的绵羊，似乎变成了素食者，吃斋念佛了。几十只海豚齐刷刷地从水里跃出，大口呼吸着新鲜空气，激起无数白色的浪花。

忽然，巨浪冲天而起，白色的浪花和水雾大片大片地弥漫开来，一座"山脉"赫然在水雾里露出形迹，却是一头座头鲸。它的体型极其庞大，仅露出水面的部分就像山峰一般，至于它的尾部在哪里，恐怕视力最好的鹰眼也望不到。它俨然一座会动的岛屿，不，是活动的大陆板块。若不是它在游动，偶尔喷出接天的水幕，谁也不会相信这是活物。更惊奇的是，那"大陆板块"上居然有着数不清的小黑点，宛似无数的蚂蚁。细看之下，却是一个个有血有肉的人，或坐或卧，或拥或泣，又是悲哀又是惊喜的模样。

是什么缘由，让海陆空动物云集于此？那无数地球人，又为何出现在鲸鱼的脊背之上？他们又将去往何方呢？

第一章　奇异国度

怦怦怦……有人被自己的心跳声惊醒。

一双眼睛慢慢睁开,略带惊恐。眨了眨,长长的睫毛忽闪忽闪,像两道门帘儿。

这是一个孩子,梦中的场景让他心慌。此时,环顾左右,犹自怀疑是不是身在梦里。这是哪儿?圆形的桌椅板凳,圆形的碗筷杯盘,包括自己睡的这张圆形的大床,这张天鹅绒织就的毛毯,像在哪见过,又忘记是在什么地方了。

窗外,传来婉转的鸟叫声,那莺莺燕燕的歌声,像银铃里伸出的嫩黄的枝蔓,又像一颗颗圆润的珍珠在荷叶上滴溜溜乱转,别提多好听了。

他好奇心大起,一骨碌爬起身,伸臂打了个大大的哈欠,像沉睡了几个世纪。当他跑到窗前,撩开窗纱时,那窗纱,居然是由树枝和豌豆叶编织而成的，他不禁惊呆了。

那清新的空气，扑面而来，像酽酽的燕麦，洋溢着冰水的新鲜，带着树木的香和野花的软。那蓝天，透亮亮的蓝，像刚刚洗涤过。那白云，就在眼前，伸手就能抓住似的，有的像烟雾，有的像牛乳，有的像棉花糖；近处的像山峰，巍然耸立，远处的像江河，水流潺潺……那山峰云雾之间，似乎只有世外高人才可以居住，衣袖飘飘地来去。

向下看时，又大吃一惊，一是此处距离地面如此之高，二是地面上依稀睡着一尾美人鱼。那美人鱼，头和尾向内圈在一处，环抱着一面湖湾。她的腰部以下，是鱼，鳞甲分明的鱼尾似乎在调皮地撩拨水面。腰部以上，却是人的身体，曲线优美，头枕着三千秀发。

定睛看时，原来是一座像美人鱼模样的山峦，而那长长的秀发，分明是飞流直下的瀑布，倾泻在湖水里。

那一面湖水分外夺人心魄。湖湾之上，四面天光接水光，那蓝色的底子，澄澈宁静，似乎天就是在那里洗蓝的，而满天的云彩就是在那里洗白的，天地间一切的妄念，也可以一下子洗净了。

"快来，快来，他醒了！"一个清脆的声音叫道。过了一会儿，却见一个小姑娘拨开云层，在窗外现出身来。

她六七岁的年纪，头戴花冠，扎两个冲天的小辫，梳着齐齐的刘海。胖嘟嘟的小脸，微微翘起的鼻子，一双星眸，黑处，点漆一般，白处，一汪婴儿蓝。一张小嘴，没说话

也在笑；开口一笑，给个春天也不换。更神奇的是，天啊，她居然长着一对小翅膀，跟自己说话时，洁白的小翅膀还忽扇个不停。

"你长着翅膀？"男孩揉了揉眼睛，羡慕极了。

"这有什么奇怪的？"小女孩说，"你的翅膀呢？"

"翅膀？我没有翅膀。"男孩说。

"怎么会没有翅膀呢？你是孩子啊。"小女孩露出惊讶的神情。

"孩子就一定要有翅膀吗？"

"当然了。"小女孩告诉他，"在我们这儿，小孩子出生时都带着小翅膀，只是长成大人以后，翅膀才会消失，就像蛇蜕皮一样。"

"我以为只有在梦里才有这样的事。"男孩不敢相信眼前的事实，"这是什么地方啊？"

"鳟鱼湾。"小女孩自豪地说，"鳟鱼是我们的图腾，我们敬拜鳟鱼，所以叫鳟鱼湾。鳟鱼湾可不单指眼前这一片湖湾，还包括一大片森林，一大片海洋，一大片土地和一大片草原。我爷爷说，单是鳟鱼湾的土地，一只鸟飞上一辈子也到不了边呢。当然，这也没什么，鳟鱼湾只是我们龟背岛的一小部分。龟背岛，不知道有几千亿个鳟鱼湾这么大，整个宇宙，又不知道有几千亿个龟背岛这么大。"

"他醒了吗？"说话间，又来了两个六七岁年纪的小男孩，跟小女孩一样，也忽扇着翅膀。

"给你介绍一下，这是我大师兄，风信子，因为他的翅膀是蓝色的。"小女孩口齿伶俐地说。风信子是个瘦长脸，一脸少年老成样。

"欢迎你！听说，你来自外星球？"风信子微笑着说。

"在我看来，你们这才是外星球呢。"外星球男孩说。

"这位是二师弟，向日葵，你看，他的翅膀是金色的。"小女孩继续介绍道。向日葵是个小胖子，满脸喜气，呵呵一笑说："他们都叫我小胖墩儿，其实我并不胖。"

"还不胖？再胖就成气球了，不用翅膀都可以飞了。"小女孩揶揄道，说完，吱吱咯咯大笑起来。

外星球男孩心里一动，气球？他的脑海里一下子闪现出很多画面：红气球、墨镜、鱼群、逃亡……他似乎一下子做了很多梦，这些梦一个一个套在一起，等睁开眼睛，却不知道自己是从哪一个梦里醒来的了。

"你们的名字真好听。"男孩赞叹道。

"我们这里，男孩都喜欢用植物命名，女孩都喜欢用鱼名儿称呼。我叫红鳟，鳟鱼湾的鳟。"小女孩自豪地说。

"在鳟鱼湾，只有最漂亮的女孩，才敢叫红鳟呢。"小胖墩儿插口说。

"那当然，难道我不漂亮吗？"小女孩撇撇嘴。

"当然漂亮，不过，我说的是你戴的花冠。"小胖墩儿嘻嘻哈哈地笑了起来。

"你很漂亮！这里的一切都很漂亮。"外星球男孩说。

"还是你有眼光！"红鳟姑娘受到了外星球男孩的夸奖，非常兴奋，"不好意思，说了这么多，还不知道你是谁呢？"

"我是谁？我，不知道我是谁了。我只记得睡了一觉，等醒过来，就看到了你们。"男孩如实回答。他第一次觉得"我是谁"这个问题，真的非同小可。

"哈哈，怎会有人不知道自己是谁呢？"小胖墩儿笑道。

"向日葵，这本就是一个难题，怎能取笑别人？你能告诉我，你是谁吗？"风信子出言警告，小胖墩儿伸了伸舌头。

"没关系，我有办法！"红鳟姑娘将外星球男孩上下看了看，随手递给他一面镜子。

"奇怪，这是我吗？"

镜子里，这人长着奇特的相貌。那发型，乱蓬蓬的，像经历过原子爆炸，又像一个大号的爆米花。那脸型，大大的脑门，如果是路，可以跑马，大大的眼睛，如果是水，可以行船。最不可理解的是，虽说是个娃娃脸，却挂满大人似的忧郁，那眉头拧成一个疙瘩，用手去抹都舒展不开。

"你这面镜子好奇怪！"外星球男孩说。多诡异的事啊，有一天，你照镜子，镜子里居然出现一张陌生人的脸。

"你这个问题才奇怪呢，"红鳟说，"镜子是最真实的，只是，并不是每个人都敢面对真实的自己。"

外星球男孩的脸唰地红了。

第二章　空中楼阁

"时间来不及了。这样，胖墩儿留下，你们随后就来。我们先走，去告诉旗鱼姐姐，说你醒了。"

几个人中，属红鳟年幼，却似乎她是老大。外星球男孩目送红鳟姑娘和风信子穿云破雾地去了，茫然若失，小胖墩儿则从窗外飞进屋来。

小胖墩儿轻轻地把翅膀收起，衣服轻轻一拉，半点痕迹也没有，这真是"胸藏锦绣"了。他把优越感尽量地深藏起来，以免刺伤了眼前这个"残疾人"。他亲亲热热地伸出手来，拉住外星球男孩说，"很快就要开始了，我带你去！"

"去哪里呢？什么就要开始了？"

"快走吧，一会儿你就知道了。"

当两人手拉手走出房间，外星球男孩又大吃一惊，原来，自己刚才所在的房屋，居然是在一棵树上。再看四周的景象时，他的震惊更是无以言表，连嘴巴都不能合拢了（在电影里面，这时候通常要响起非常宏大的音乐才行）。

天啊！这是什么地方？他的眼前出现了千百间树屋，参差错落，悬挂在高高的云端。树高千仞，刺青天，接云霄，善加修筑，便是千门百户之屋；巧以装饰，便是窗明几净之室。楼宇之间，藤萝争相攀附，豌豆秧蜿蜒其上。软梯可以上下，藤椅可以来往。隐隐然无数空中通道，纵横交错。

一座座真正的空中楼阁，隐身在参天大树之间，有的是住所，有的是学校，有的是医院、琴堂、画室……房屋的样子像鸟巢，都是南北通透，阳光充足，窗明几净，凭借天然，雕梁画栋，巧用造化。每栋楼，凌空起势，铺梁架屋，如飞燕衔泥，幻化成阁。一屋的上面十几米，另起一屋，疏密有致，层层叠叠。

小胖墩儿一一介绍，不以为奇，男孩边走边看，却是移步换景，惊叫连连。所见所闻，实在远远超越原有的经验常识。眼前这个世界实在是不可思议，准确地说，这是一座森林城市，却隐迹遁形，不露形迹，说不清城市在森林里，还是森林在城市里。不注意看，绝想不到这里居住着人类，而且是上万人，设计的精巧难以言说！

这里的交通奇特，不知怎样的灵感，树楼间以空中走廊连接，有的是藤蔓编织的索道，叫空中步道，宽的地方能够走马，窄的地方只能侧身而过，却又稳稳当当；那藤椅做成的秋千，叫凌霄车，悠悠荡荡，借力而行，眨眼间便是数百米开外，要快要慢随心掌握；那藤椅做成的软梯，叫飞天梯，可以上上下下，快捷方便。还有骑大鸟出行的，更是神气活现。好大的一种鸟！翅膀展开足有十几米，大鸟呼之即来，挥之即去，像打出租车一样。小胖墩儿说，这鸟名叫风神翼手龙，别看模样挺难看，可乖着呢。

"风神翼手龙？连名字都这么酷！"外星球男孩赞叹道。

小胖墩儿说："要说酷，这些水梧桐才叫酷哦。水梧桐是一种古老的奇异树种，逐水而居，会行走，时不时搬家。嘿嘿，碰到搬家的时候，你今天还在这里，第二天早晨醒来，已经认不出自己在哪里了。不过，无所谓，我们喜欢过这种旅居生活。"

"啊，这么一片参天大树，重手重脚地走啊走啊，该是多酷的事？岂止是一群大树，这是森林城市大搬家呢。"外星球男孩双眼放光，无限憧憬。他有一肚子的疑问，不知道从哪一个开始问起，"这到底是怎么回事？我怎么会出现在这样一个神奇的地方呢？"

"你问我，我还想问你呢。你最先出现在鸟叔的房子里，想来一定是外星球过来的了。鸟叔让我们把你接过来，还叫我们好好招待你。你真行！居然一睡就是三天两夜。听说，凤仪五老先生还想跟你好好聊聊呢。"

"等等，鸟叔是谁？凤仪五老先生又是谁？"外星球男孩问。

"鸟叔嘛，他是个怪叔叔。"小胖墩儿说，"鸟叔是鳟鱼湾唯一一个长着翅膀的大人，一向独来独往，只在高兴的时候才跟我们小孩子说几句话。凤仪五老先生是鳟鱼湾最有学问的人。他住在凤凰岭，平时隐居修道，只在特殊的节日里才出来一下。"

"什么算特殊的节日呢？"

"鳟鱼节！鳟鱼节就是特殊的节日。"

"鳟鱼节又是怎么回事？"

"哦，鳟鱼节是我们鳟鱼湾最盛大的节日，这个节日庆典每三年举行一次，因为，这是鳟鱼的洄游周期。"

"太好了！鳟鱼节在什么时候？"

"就是今天，你赶着了。"

第三章　长歌浩叹

鳟鱼湾热闹起来了。鳟鱼湾上，成千上万的人一下子从地底下冒了出来，不，是从海陆空一起冒出来的，地上走的，水里游的，空中飞的，八仙过海一般。此时，似乎没人坐得住了。

也有例外，唯一沉得住气的，是一位老人，端坐在一处静室里，打坐玄思。玄思是一门独特的修行心法，高明的玄思者可以神游太虚之境，体察宇宙之变，以身体做实验室，跟天地精神往来，与宇宙万物对话。这无疑是一位高明的玄思者，在他的意念里出现了大队的鱼群，几千万尾游鱼正向鳟鱼湾"开"来。

鳟鱼洄游是自然界最壮观的事件，不仅有鳟鱼，还有鳗鲡、鲑鱼、中华鲟等鱼类，这些海洋鱼类长大成年，成

熟之后，一种内在的召唤驱使它们踏上回家的旅程。这个过程中，他们停止进食，不吃不喝，冲波逆流，九死一生，经历千难万险。待回到湖湾，他们已将能量消耗殆尽，便成双成对，繁衍后代，然后永远沉入水底，不复醒来。于是，那洄游的过程，更像践行一个生死的约定，赴一场死神的约会。鱼类洄游的过程，尽显生命的活力和壮美。

今年，不知为何，鳟鱼湾迎来有史以来最壮观的鱼群。茫茫大洋里，无数鱼从四面八方，前赴后继，浩浩荡荡，向着同一个方向——银河口集结。

自进入银河口开始，它们要逆流而上，全力赶路了。他们不再吃任何东西，也无法再吃任何东西，一个个急流考验着他们的耐力，一个个瀑布考验着他们的速度，一个个险滩检验着他们的应变能力。他们别无选择，不进则退，不能停止；不仅不能停，还要比平时更快！他们在不吃不喝的情况下，要保持每小时 60 海里的速度，无论是急流还是瀑布，无论是险滩还是天堑，他们不能犹豫，只有一个字，冲！

危机四伏。此时，最危险的敌人环伺周围。天上，白头鹰一直跟随；水中险要处有棕熊把守，以逸待劳。浪花飞溅，一条大鱼落入熊吻；水花漫过河滩，一只鱼鹰撕扯着大鱼的尸体。只有前进，没有后退，更多的鱼依旧高高跃起，冲，冲，冲。他们没有翅膀，却在生命的激流里飞翔，尽显英雄本色。

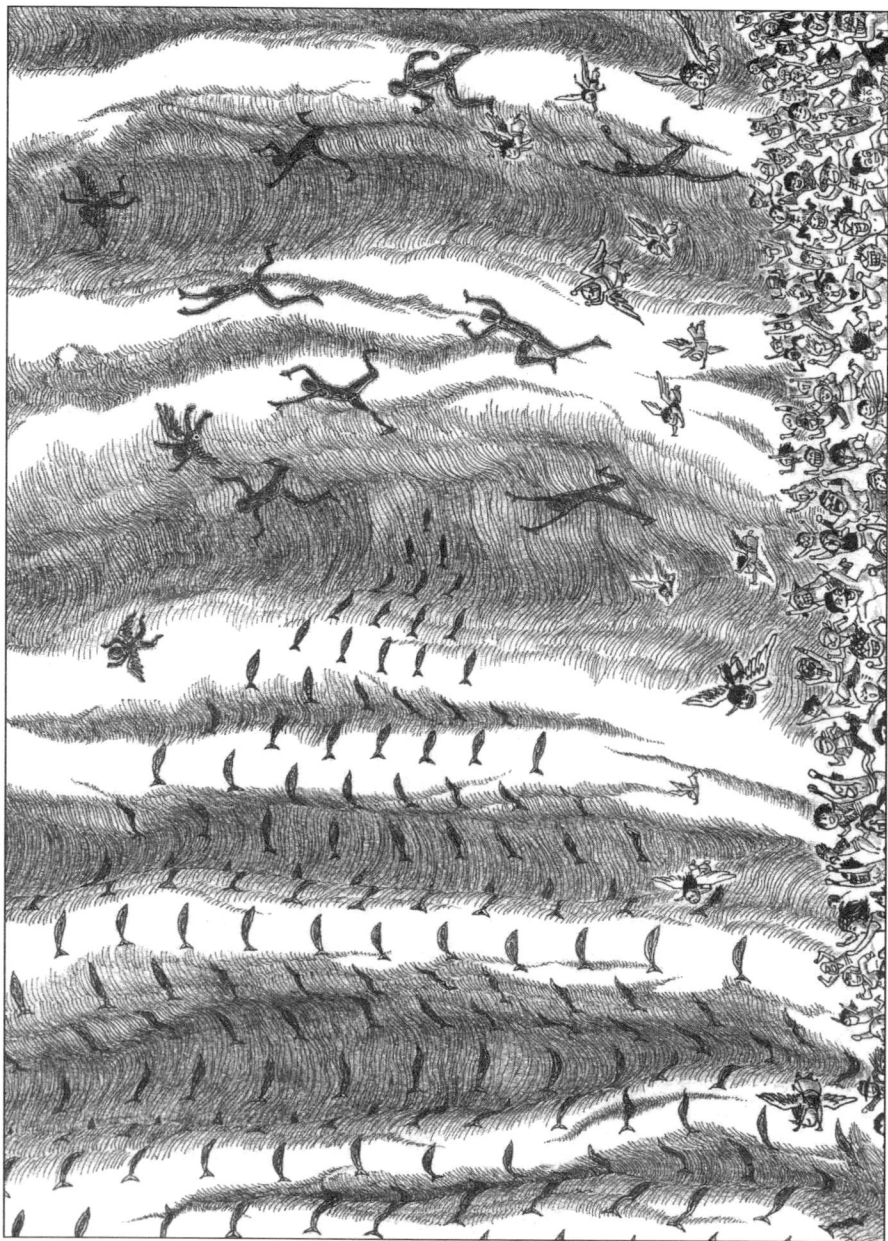

不过，因为体力消耗太大，冲上最后一级瀑布时，那些鱼筋疲力尽，奄奄一息了。经历了无数次逆水搏击摔摔打打之后，奇异的事情发生了，他（她）们初时容颜俊美，珠圆玉润，此刻却是血管爆裂，全身通红。现在，他们已变成传说中的令人尊敬的红鳟鱼。这样的红，是战士的伤痕，也是勇士的标识。大名鼎鼎的红鳟鱼居然是这样练就的，只能说，成功没有偶然。

当神女峰的巨大轮廓出现在海平线时，鱼群突然像炸开了锅一般，发狂起来，近乡情更"切"，这是游子回到家乡，将要见到母亲时的狂喜。

湖湾里传来排浪般的喝彩声，又一波鱼游来了，正顺利越上最后一道瀑布，浩浩荡荡地"开"进湖湾，进入那面被称作"洗心湖"的湖水里。鱼群在跳跃，潮涌，在鱼群的眼中，妈妈的怀抱敞开了，正迎接自己投身进去；在人们眼里，是一片赤潮源源不断地浸染在深蓝的颜料里。

玄思者面目枯槁，却满是生命的庄严。这时，他的嘴角动了一动。在无数支洄游大军中，穿过密密麻麻的鱼群，一只褐鳟鱼进入意念当中，而且，越来越大。起初，他困在一个小池塘里，奋力地跳跃，无数的鳟鱼为他鼓劲；后来，居然还有一个人类男孩为他加油……

第四章　剪水双瞳

"谁来告诉我，一条鱼对整个世界意味着什么？鱼，难道天生就是被人吃的吗？他们的命是命，我们的命为什么不是命？"

当一条鱼发出上述言论时，上万条鱼屏住了呼吸，张大了嘴巴。整个池塘安安静静的，水面上一点波纹都没有。水族震惊了，大家从没听过这样的话。

这鱼的眼睛又大又明亮，说话时从容不迫，带着凛然不可侵犯的气度。这是一尾褐鳟鱼，浑身长着淡色的黑斑，出身确实高贵，属欧洲贵族鱼种。

"如果你自己不在乎，就没人在乎你，更别说在乎一条鱼的所思所想。可是，我们的身体再小，也是一条生命，我们声音再微弱，也有表达的权利。我们的愿望，不过是自由自由地活着。我们的梦想简单吗？"那鱼大声地发问。

"简单！"水族说。

"我们的要求过分吗？"

"不过分！"水族回答。

"我们也有活着的权利，我们也有梦想的自由。为什么，我们这么一点小小的愿望都不能实现？这么一点权利都要被剥夺？为什么，我们连活着都成了奢侈呢？大家说，我们能接受这样的现状吗？"

"不接受！！！"水族齐声回应。

"人为什么吃鱼？现在我要告诉你。"那褐鳟鱼继续慷慨陈词，"人吃鱼的潜在原因不光因为贪吃，也是为了软化松果体。松果体长在什么地方？长在人的大脑中，恰好，人的灵性住在那里。据说，松果体钙化之后，人的灵性就迟钝了。所以，人长大之后冥顽不灵，就在于此。

"吃鱼的另一大原因，是为了软化人心。人很奇怪，小时候人心是透明的，长大之后，外面就长出硬壳，越长越硬，越长越厚。可是，吃了鱼，人真的就可以软化松果体和人心了吗？

"可笑的是，完全相反。松果体钙化的程度和人的贪欲成正比，贪欲越强，钙化程度越高；人心外壳的厚度呢？和人的德行成反比，德行越差，外壳越厚。"

那鱼讲到这里，鱼群开始躁动起来。那鱼稍停了片刻，继续他的演讲：

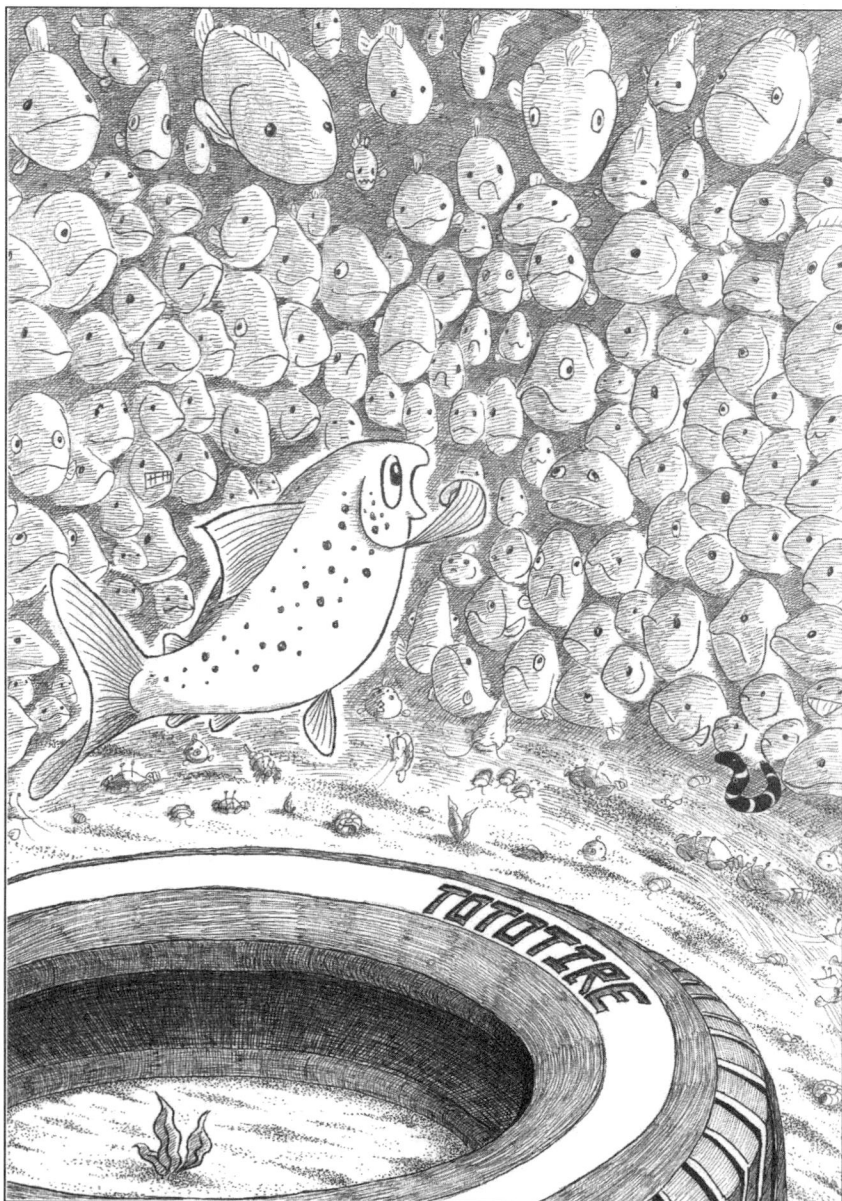

"仅仅为了满足自己的口腹之欲，'人为刀俎，我为鱼肉'，就像今天发生的事情一样，我们那么多朋友被抓走了。接下来，有更多鱼会被抓走。渔夫说，就在这池塘边上，还要办狂欢节，搞派对。他们怎么可以把自己的快乐建立在别人的痛苦之上，把自己的幸福建立在别人的牺牲之上？这样的日子，我们还能忍受下去吗？"

"不能！不能！不能！"水族叫道。

"我可以问个问题吗？"在众声喧哗的间隙，一条小草鱼，不再潜水，冒了个泡，用纤细的声音颤颤巍巍地打断了演讲者，"我们，我们不能忍受，又能怎么样呢？"就是这一声，打破了所有喧闹，水面一下子安静下来。

"小草鱼儿问得好！我们怎么办？我们要么接受命运对我们的不公，在这里坐以待毙，要么，逃出去——"

"什么？逃，逃出去？！"水族不敢相信自己的耳朵，开始交头接耳起来。

"对，逃出去，我们逃到江河湖海里去。那里的天比这里大，那里的水比这里蓝。大家知道，在这世界上，小鱼的眼泪凝结成的，叫水塘，大鱼的眼泪组合成的，叫江河，而巨型鱼类的眼泪汇聚成的，叫汪洋大海。离开这里，到那汪洋大海里去，我们就安全了，我们就自由了。"

"说得对，剪水双瞳，我们逃出去！"鱼群沸腾起来，水花翻腾。

"可是，剪水双瞳哥哥，我还有个问题。"小草鱼儿又冒出泡来，结结巴巴地说，"我们，我们怎么逃出去呢？"

那当众演讲的褐鳟鱼，外表并不出众，但因为眼睛出奇得大，又水润水润的，得了"剪水双瞳"的雅号。

"这个……"剪水双瞳咳嗽了几声，"老实说，现在我还没想出办法。这次开会就是要讨论这个问题。我们团结一心，集中大家的智慧，一定……"

"别异想天开啦，剪水双瞳。"一个苍老的声音从鱼群中传来，打断了他的演讲。那是一条塘角鱼，浑身翠绿，尖嘴猴腮，两根长长的胡须都花白了。他摇着脑袋说道："不敢跟命争哩，你不过是一尾鱼啊。"

"革胡子大叔，为什么这么说，是鱼怎么了？"

"是鱼，你就注定了被吃的命运，早一天，晚一天而已。你想不被渔夫捉了吃去，那好啊，你跑。不知道你怎么跑。就算你能跑掉，在外面，有长脖老等、鱼猫子等着；就算你跑到汪洋大海，又怎么样呢？据说，那里的鱼大得很，一张嘴能把天咬掉一个缺口。既然如此，折腾什么劲呢，还不如这池塘里更安全呢。"

"闭上你的大嘴，你真是越老嘴巴越臭了。"鱼群烦躁起来。

"一提长脖老等，我看你的声调都变了，你是被吓破了胆吧？"

"革老怪，你这个胆小鬼，趁早回到你的鬼屋里装神弄鬼去吧，这里不欢迎你！"

"安静，安静！让革胡子大叔说完。"剪水双瞳拼命挥手，才控制住局面。

"无知小儿，一个个口气不小，也不怕风大闪了舌头。"革胡子轻蔑地一笑，一边咕哝，一边离开会场。面对千夫所指，他斜挎着脑袋。

革胡子的确是整个水族里最不招人待见的鱼，一切都因为他有张不招人待见的嘴。但有话不让他说，他会憋死的。

临走之际，他还挑衅似的大声说："还是认清形势再折腾吧，以后你们鼻青脸肿，别说我没提醒你们。"

那么，现在到底是什么"形势"呢？在群星璀璨的宇宙，定睛那一颗叫作地球的星球；在那日渐干燥荒凉的星球上，再点击那些蓝色的水域；在那些蓝色的水域里，咱们定位一汪水塘。对，就是这里：英国，汉普郡，奥尔斯福德劳尔渔场。

没错，就是这一方小小的池塘，蜗居着上万水族。池塘的外面，是一条公路，公路的外面是一条河。在这样的形势下，不说将来的江河湖海，眼下，怎么逃进那条河呢？哪一尾鱼能长出双脚，穿越那27米宽的公路，躲开公路上的汽车杀手？还有，河对岸埋伏着很多隐性敌人，成群的苍鹭虎视眈眈，水獭群神出鬼没，这些都是很难缠的主儿。

所谓"长脖老等"就是苍鹭——超级杀手。脑袋大，嘴巴长，身手敏捷，耐心又极好，为等候过往鱼群，能站在一个地方好几个小时一动不动，人送绰号"长脖老等"。

水獭，外号"鱼猫子"，嗜血杀手，最喜欢抓鱼。即使吃饱了，还会无休无止地捕杀鱼类。

天啊！让革胡子说着了，眼前形势不容乐观。不跑，等死；跑，死路一条。

第五章　爱干净的鱼

入夜时分，整个池塘笼罩在银色的月光下。在肥硕的荷叶中间，有小小的泡泡不断地从水底冒上来，那是睡不着的小鱼在聊天。

"鱼长老，这次紧急集会，我觉得大家达成共识了，只是没想到革胡子大叔从中作梗，实在遗憾。"

"剪水双瞳，你不能因为个人喜好，听不进反对意见吧。"

"鱼长老，难道您认为革胡子说得对吗？"

"说得对与不对，每个人各有各的判断标准。但是，每个人都有说话的权利，你不能不尊重。我不同意你的观点，但我誓死捍卫你说话的权利，是不是？"

和剪水双瞳对话的这位鱼长老，地位尊崇，是鱼塘中的元老级人物。他说话不紧不慢，却一言九鼎。"不然，我们跟人类有什么两样？他们掌握权力，对小国软硬兼施，予取予求；他们控制着话语权，对弱者颐指气使，发号施令。你看，他们若要我们三更死，我们哪里能够等到五更亡？"

"鱼长老，我知错了，我们年轻气盛，太莽撞了。"

"也不怪你们。我们这些老家伙的确跟你们年轻人有代沟了。你们血气方刚，所以敢于冒险，不怕把天捅几个窟窿；我们年老力衰，所以处处从安全考虑。不过，话说回来，一个年轻人如果没有冒险精神，没有追求自由的勇气，才是最可怕的呢。"

"这么说，您年轻的时候……"

"呵呵，不说我啦，我这辈子过得太平淡了。可不像革老怪，你别看他平时阴阳怪气的，他年轻的时候，可真是个人物哩。"

"哦，真的吗？"

"当然。这老怪年轻时候也这么尖嘴猴腮，嘴巴也这么臭，你想听他说什么好话，没门。只一样，胡子比较长。于是，自封美髯公，有事没事爱捻须微笑，就怕人家没注意他长了撮胡子似的。可有一样，他不笑倒也罢了；一笑，整条河都找不到鱼影了，他倒一副无辜状。"

剪水双瞳哈哈大笑起来，"鱼长老，原来你也背后说别人坏话。"

"哈哈，当面我也这么说，我和老怪什么交情？我要不损他两句就没法描述他。有人说他是爱装神弄鬼的老怪，在我看来，他倒的确有些神通。我给你讲一个故事——"
鱼长老说到这里，凝神想了一想，徐徐道出一个故事。

有一年，有人买了几尾鲶鱼，准备杀了吃掉，先放在
一个大水桶里养着。在那样的生死关头，一尾鲶鱼先生再
也顾不得许多了，向一尾鲶鱼小姐表白了爱慕之情。那女
鲶鱼叫水叮当，是一条美丽如水也温柔如水的鱼。

"要死了，还有一句话没说，死不瞑目。"鲶鱼先生说。

"都要死了，还有什么话，不敢说出来？"水叮当说。

"我喜欢你，说完了。"

"为什么不早说？我们认识了那么久。"

"我总觉得，喜欢一条鱼，默默地喜欢，就足够了。
如果不是要死了，我是不会说出口的。我不好看，又很穷，
根本配不上你。"

"你的婚恋观，怎么也跟人一样？我们鱼类交朋友要
那些身外之物干什么，那不是跟人类一样俗气了？如果没
有快乐，住在龙宫里又有什么稀罕？如果没有真爱，再多
荣华富贵又有什么意思？至于相貌，没有不好看的脸，只
有不好看的心呢。"水叮当非常欣赏他，况且又是患难之交，
两条鱼就这么相爱了。

"可是，他们自身难保啊。"剪水双瞳不由插话道。

"正是，他们随时会被人吃掉，这迟来的爱是多么让
人绝望啊。本来，鲶鱼先生已经灰心丧气，觉得非死不可
了。但他拥有爱情之后，整个身体里充满了能量。生活如

此美好，不能就这么死去，尤其不能让眼前自己心爱的公主这么死去。"

"有什么办法呢？"剪水双瞳的心提到嗓子眼，仿佛一张嘴就能掉出来。

"有，你听过人穷返本的说法吗？人在危急时刻，会调动起最原始的能力和智慧放手一搏，鱼也一样。他在冥思苦想之后，终于想到一个绝妙的逃生计划。原来厕所的排污管和化粪池相连，化粪池有孔道和水沟连接，顺着水沟，就可以逃出生天。他只要从水桶里跳进马桶，顺着厕所排污管溜进化粪池，这个计划就成功了。"

"哎呀，那太脏了。这能行吗？"

"什么行吗？去掉那个'吗'。你太低估塘角鱼的生存能力了。他们的呼吸系统非常特殊，一般鱼类不能生存的低氧、浅水甚至受到污染的水域，他们都能生存。"

"了不起。这么说，他们成功了？"

"成功了一半！"

"成功就是成功，怎么是一半呢？"

鱼长老顿了一顿，才道出原委。水叮当听说能逃出生天，很高兴，但听完计划之后，犹豫了，"你真是天底下最聪明最勇敢的鱼，遇到你真是幸福。不管结果如何，你保证，都要好好地活下去，好吗？"

"当然，我保证，我们都要好好地活下去。"

"好吧，那我们赶快逃吧，再晚就来不及了。你先走，好吗？"

当时，他没有多想，先下去，看清了地形，再接应女友下来，岂不是很好。

他纵身跃下马桶，一下子滑进了排污管里，顺利地进了水沟。很容易，成功了！他折身回来，兴奋得大喊大叫，呼唤着水叮当。可是，半天过去了，只传来水叮当的哭泣声和一句"我怕！"

"水叮当，不要怕，我会接住你的，这个通道很安全。"鲶鱼先生喊得声嘶力竭。

水叮当怎么了？她陷入纠结当中。她有顾忌。原来她患有洁癖，是极爱干净的鱼。死还不是最要紧的事，她最怕的是弄脏了自己的身子。但是，她又不能拦住男友不让他走，让男友跟自己一起死。那是唯一的逃命通道啊。正因如此，她要让男友先走，自己留下。但是，就这样与亲爱的人阴阳两隔，她也实在心有不甘。

情急之下，水叮当泪如雨下，她带着哭腔说："革胡子，你走吧，记着你答应我的话，不管怎样，好好活下去。"

"不瞒你了，我说的正是革胡子的故事，鲶鱼先生就是革胡子。"鱼长老说，"那水叮当，正是他生命里最重要的人。革胡子后来跟我说起这些，眼泪直流，那是真伤心了，这怕是宿命吧。水叮当有洁癖，质本洁来还洁去。她是什么人？她的原话是'如果活着污秽不堪，还不如死了干净'"。

革胡子这才知道个中原委，悔恨交加。水叮当如果早一步说出她的顾虑，自己断不肯走。他不禁大哭道："水叮当，我之所以想逃出来，就是不想让你受到伤害，如果我早知道你的心意，我一定不会丢下你独自逃生的。我愿意陪你一起生，我愿意陪你一起死。你知道，那将是我一生最大的幸福。对我而言，活着，不是最重要的，和你在一起才是最重要的啊。如果没有你，我活着又有什么意思！"

革胡子在下面号啕大哭，水叮当在上面也是泪如雨下。说也奇怪，奇迹出现了，只一会儿工夫，他们的眼泪汇成一道道清泉将马桶和排污管清洗一新，整个下水道都是干干净净的了。

水叮当高兴极了。她原先只担心逃生通道污秽，死得很难看，现在问题解决了，他们的眼泪涤荡了所有污秽。她要跳下去，她要和她心爱的人一起逃出生天，去过自由自在的幸福生活。

就在这时候，革胡子眼前一片黑暗。

"不——"革胡子歇斯底里地大喊大叫起来，在黑暗世界中听来格外愤怒与哀伤。

水叮当此前的犹豫不决浪费了宝贵的逃生时间，就在她准备跳下逃生通道的时候，整个逃生通道关闭了。一个胖胖的男人赶到了，瞬间切断了水叮当的逃生通道。水桶里，冰冷的水花四处飞溅。

人啊，请嘴下留情，你们张口吃掉的，不只是鱼，可能还有纯洁美好的爱情。

第六章　鬼屋主人

带着种种疑问，剪水双瞳决定星夜拜访"鬼屋"主人。

鬼屋，建在池塘的最底层，是一座地下工事，潮湿、阴暗，非常隐蔽。鬼屋的主人是个没有安全感的单身汉，喜欢独居，喜欢独来独往，神出鬼没，像幽灵一般飘来飘去，以吓唬小鱼为乐。

"革大叔，睡了吗？"剪水双瞳对着鬼屋轻轻喊道。

革胡子的故事深深触动了剪水双瞳，真是真人不露相，露相不真人。原来，当年上演胜利大逃亡的革大侠居然就是他。这么多年过去了，这位大侠如何面对那段光荣历史，如何总结宝贵的逃生经验，如何看待那段痛彻心扉的爱情？沧海桑田，又是什么原因让当年这个"革命先驱"变成今天的保守派？

"谁啊？"一个苍老的声音阴森森的，拖着长长的声调。

"是我，大叔，剪水双瞳。"

革胡子探出头，机警地向外张望了一眼，马上缩回身去，过了一会儿，才慢吞吞地现出身来，"剪水双瞳，找我什么事？"

"大叔，我想向您请教……"

"免谈。"革胡子冷冰冰地打断剪水双瞳的话，"你们可是有抱负有理想的鱼，你们是海阔凭鱼跃，天高任鸟飞，这么大点池塘哪里能装得下你们？"

"呵呵，大叔取笑了。"剪水双瞳干咳了一声，陪笑道，"后生小辈狂妄无知，今夜特来负荆请罪。"

"负荆请罪？"革胡子一愣，"哼哼，你们能有什么罪？"

"长者面前夸夸其谈，这是狂妄之罪。在您这样的前辈高人面前夸夸其谈，实在是罪上加罪。"

"哦？"革胡子依然斜挎着脑袋，冷眼打量剪水双瞳，"此话怎讲？"

"鱼长老都跟我说了，我们在革大侠面前班门弄斧，实在是太幼稚了。鱼长老对我说，'要说威风，革大侠才是真的威风，你们这群小鬼算什么？'"

"哼，这话倒是半点不假。"革胡子撇撇嘴，捻着胡须，有些得意。

革胡子的胜利大逃亡确实让他在江湖上一夜成名，再加上他传奇的爱情故事，成就了一段不可复制的传奇神话。

但没人知道，这次胜利大逃亡并未给革胡子带来喜悦，准确地说，反而让他陷入更大的痛苦深渊里。

"大叔，能问问您，后来为什么隐姓埋名吗？听鱼长老说，您报了仇？"

"哼哼，我当然要报仇！他们这么害我，我也不能让他们好过。"

革胡子伤心绝望之余，失魂落魄，性格都变了。每到夜晚，他就在化粪池里舒展筋骨，咕咕乱叫，这声音顺着排污管传到楼上，可吓坏了那家人。人们一传十，十传百，都说有冤魂出现，那栋楼也便成了鬼屋，房主换了一个又一个，最后谁也不敢住了。可他们哪里想到是一条小鱼在作怪！

他就这么折腾了好些年，直到折腾够了，才流浪到池塘底安居。此地的鱼类后生们又哪里能把这个爱"装神弄鬼"的革老怪，跟当年那个胜利大逃亡的"革大侠"联系在一起。

"革大侠，恕我们有眼不识泰山。当时大家商量逃生大计，正在热火朝天群情激昂的时候，不想您老人家一番话，兜头一盆冷水，实在让我们沮丧。晚辈们这才有了一些不敬之词，还请您原谅。"剪水双瞳谦卑地说。

"你们年轻人的火气不小啊，可是你们的胸怀实在不敢恭维。居然怕一个老头子浇一点点冷水。年轻人，不能意气用事。"

"您老教训的是。过后，我越想越不是滋味，越想越

觉得您分析得很对,您老的话虽然不中听,却是句句都在理。如果我们不能解决现实问题,那么所有的理想就只能是纸上谈兵了。"

"这么说,你们不打算跑了?"

"跑,还是要跑。我同意您对形势的分析和判断,但我得出的结论和您未必一致。我们必须逃跑,改变还有活路,不改变,就死路一条。"

"嘿嘿,剪水双瞳,都说你的脑子好使,脑回路够长,我看也不见得。你固执起来,跟我一个熊样儿。"

"如果固执能救大伙的命,这固执也未必就是个贬义词。革大侠,我倒要问您,您以前说过的话还算不算?"

"什么以前说过的话?我革胡子说过的话哪有不算的。"

"好,革大叔,您答应水叮当阿姨什么话来着?您做到了吗?"革胡子被剪水双瞳这么一问,当时愣住了。

"您当年答应水叮当阿姨,要好好活着。那您这样,算好好活着吗?大难临头,您不管自己的死活,也不管别人的死活。水叮当阿姨知道,会怎么想呢?"

剪水双瞳这番话实在是命中要害,革胡子的脸色变得更绿了。他怀着复杂的心情瞪着剪水双瞳,半天没说一句话,剪水双瞳理直气壮,挺了挺胸脯。他豁出去了,就是不知道这个激将法会引发怎样的后果。

忽然,革胡子阴晴不定的脸上挤出了笑容,"行啊,剪水双瞳,先是调查我的底细,这叫知己知彼;见面又是道歉，又是恭维，这是先抑后扬；现在又使出了激将法，鬼主意一眨眼就是一个嘛，老虾米到底没有看错你。"

"大叔，您这么说我倒不明白了。"剪水双瞳丈二和尚摸不着头脑。

"你不明白的事情多着呢。鱼群此劫关系生死，且就在眼前，我哪里能再当局外之人。实话告诉你吧，我也是主张逃走的，而且，我也同意由你做族群的新领袖，带领大家脱离险地。开始，老虾建议由你做族群的领袖，说你如何如何好，我还不以为然。我故意在众人面前说出反对意见，一是帮大家做个反向思考，让大家明白前面的困难；二是考验你，看看你处理问题的能力。今天看来，你是这块材料，哈哈哈哈……"

"哎呀，老怪，你原来也会说别人好话。"此时，鱼长老现出身形。

"哼哼，老虾，谁让你跟这些后辈小子说我的事儿来着。快说，背后还说了我什么坏话？"革胡子一见鱼长老，立刻迎上前去。

月光照彻，影入塘底，现出两位老人家的剪影。你动我一下，我动你一下，拉拉扯扯，像孩子似的打闹起来。原来，鱼长老，其实是一只长尾大虾。

第七章 天外来客

夜色宁静，青蛙"咕呱咕呱"唱着歌，蝈蝈弹着吉他伴奏，有一搭没一搭地。

一阵风起，水波荡漾开来。不好！有情况。值夜班的小鱼被惊动了，他借助水面微波系统给整个水族送去警报：当心苍鹭。这些苍鹭常常趁着月色来偷鱼吃。这一次，它们在池塘上空盘旋，时不时叫上一声，一惊一乍地，似乎也被异常情况惊醒，不知道发生了什么。

值夜班的小鱼眼尖，看见一个红气球在水塘上方飘来飘去。再细看时，更加惊奇，那红气球的下面，居然吊着一个袖珍小人。这种惊奇，不亚于人类看见 UFO。不一会儿，水面上就聚满了看热闹的小脑袋。

红气球小人的到来惊动了苍鹭，好几只飞了起来，侦察敌情，更多的，依旧在树梢上潜伏，阴森森地缩着脖子，长长的利嘴偶尔闪过宝剑一样的光芒。另有几个大脑袋，十分机警地从河汊里探出头来，盯着天上的不速之客，那是"鱼猫子"。而那红气球上的小人视若无睹，继续不紧不慢地低空飞行，对水塘、公路、河流细细地侦察着。

也许是觉得尊严受到了冒犯，一只苍鹭终于失去了耐心，他尖利地大叫了一声，向小人发起了攻击。

"小心！"不知谁叫了一声。就在鸟嘴离小人越来越近的时候，气球灵巧地一沉，苍鹭扑了个空。苍鹭打了个盘旋，再次冲了过去，就在鸟嘴挨着小人的时候，那气球突然加速升空，一下子飞到鸟的头顶。那小人踏出一脚，刚好踩到鸟头。苍鹭吓得"呱"的一声大叫，一缩脖子飞远了。十多只苍鹭见状，排着阵势压了过去。

这场打斗，水塘里的鱼和河汊里的鸟兽都被惊动了，天上地下水里，一下子多了很多没买票就进场的看客。鱼群暗暗为小人喝彩，毕竟他们受苍鹭欺负太久了，小人这一脚虽然不重，总是为他们出了一口气。但鱼群也为小人担心，毕竟，他太小了，一个气球都可以把他拎起来，哪里斗得过那庞然大鸟呢？

当鱼群正为小人命运担心时，却见那气球像直升机一样落到公路上，小人一纵身，跳了下去。小人一落到地面，就原地骨碌了一下。说也奇怪，再次站起身来，他长大了，变成一个小男孩，足有八九岁的样子。他有着爆米花式的

头发，戴着墨镜，神气活现，一碰到地面，似乎一下子有了力气似的，马上俯身拣起几颗石子，对着苍鹭打去。咻咻咻，石子破空作响，苍鹭们吓坏了，落荒而逃。

"哦，赢了，我们赢了。"小男孩拍手欢呼起来。红气球也围着小男孩转起了圈，那是一个红色的气球，长着一个好看的笑脸，嘴巴弯弯的，眉毛弯弯的。水塘里一片欢腾，鱼类看到小男孩打跑了天敌，像自己打了胜仗一样。

"大家好！哪位是剪水双瞳？"真奇怪，这个男孩说的话，鱼群居然能够听懂。鱼群不知道，这男孩戴着的眼镜，正发挥着语言同声传译的功能。

"你好！我就是剪水双瞳。"一尾鱼从水里冒出头来，他的声音充满朝气和活力。这鱼，眼睛出奇的大，几乎占据了整个脑袋。眼睛也出奇得亮，水灵灵，眨巴起来忽闪忽闪的。

"剪水双瞳，你好！我叫爆米花。这个气球叫小不点，是我最好的朋友。我们来自很远很远的地方——中国，你听说过吗？我们专程赶来，是想帮助你们。"

"你说的意思我听不太懂啊。"剪水双瞳说。

"帮助你们也是帮助我们自己，以后我会向你慢慢解释。"

"算了吧，指望人类帮助鱼类，除非日头从西边出来。"一个声音阴阳怪气地响起。

爆米花顺着声音看去，只见一条丑陋的鱼，浑身翠绿，

捻着两根长长的胡须。心想，这是什么东西？爆米花眼镜立刻启动搜索扫描模式——

目标：塘角鱼，也叫革胡子鲶鱼。

十年前，曾有"胜利大逃亡"的事迹，江湖尊称"革大侠"。因痛失女友水叮当，近年来爱装神弄鬼，又得名"长胡子老怪"。

鉴定：妒忌心强。别人不好的时候，他会同情；别人好的时候，他会攻击。对人类友好指数：零。

爆米花大声说道："原来是革大侠，久仰了。按您说，怎样才算人类和鱼类友好相处呢？"

"哼哼，要我说，咱们彼此离得远远的，那就友好了。"

"这是实话，爆米花。"剪水双瞳接过话茬，"你们人类也说距离产生美！至少短时间内，人类绝不会在乎一条鱼的死活，比如，我们现在就危在旦夕。"

"是啊，改变需要时间。我这次来，就是要助你们一臂之力，离开这里。"

"真的吗？你这么好心？"革胡子继续操着他那阴阳怪气的嗓音说。

爆米花并不生气，"刚才，我们已经查看了这池塘周围的地形。公路有 27 米宽，公路外面有一条河流，哦，叫易沁河，易沁河连着英吉利海峡，游过英吉利海峡，就可以进入大西洋了。这是一条最近的逃生通道，只是这条路非常凶险，恐怕只有最勇敢的鱼，才能成功。"

"你说的是真的？"剪水双瞳听了，不禁在水里跳了起来，"我们都是勇敢的鱼，只要能离开这里，什么都不怕。我们刚才还在讨论，怎样才能进入对面的河呢。"

"眼镜博士给出的最佳逃生方案是：横穿公路。"爆米花认真地说。

"什么？你是不是疯了，成心算计我们。"革胡子大笑起来，"都说外来的和尚会念经，我以为会给出什么好办法，就这，且不说能不能爬过去，就是爬过去，外面那么多杀手，这不是送肉上餐桌吗？"

"别急，革大侠，你听我说完。我说的横穿，并不是指在马路上横穿，而是在马路下横穿。大家注意到这根管道没有？你们看，当时渔夫设置这根管道，是想把河水引到池塘里来给池塘补水，无形中倒连接了易沁河和池塘。"鱼群的目光随即都转向管道，那是一根大水管，日夜流淌着河水，水流湍急。

"这根管道，离水面一米多高，管道里面比较狭窄，只有20厘米宽。"爆米花说，"办法就是大家逆流而上，非常准确地跳进这个管道。然后，通过进水管道，从马路下方穿过，游进易沁河，大家就自由啦。"

"太好了，果然高明！我怎么没有想到呢？"剪水双瞳赞叹道，"大家说说看，怎么样？"

大家七嘴八舌地议论开了。有的说，人类的话你们也信，这小孩说不定在打什么鬼主意呢，大家不要上当。

　　有的说，这个主意也没高明多少，我早就想过，可是，想是一回事，做是另一回事，你逆着水游那么高试试？

　　有的说，至少是个办法，不妨试试。

　　话虽这么说，却没有一条鱼上前，池塘里顿时吵成一团。

　　小男孩爆米花看着着急，忽然灵机一动，"我给大家讲个故事吧。马戏团的大象个头非常大，却被拴在一个小木桩上。大象其实只要轻轻使劲，就可以把木桩拔出来，就可以逃走了。可是，大象从不尝试。"

　　"这是为什么呢？"小草鱼儿奶声奶气地问。

　　"原因很简单，大象小时候就被拴在木桩上。他那时候小，拔也拔不动，后来就放弃了，即使长大以后，他还是觉得自己不行，也不再尝试去拔出它。"

　　"这头大象太笨了，至少他可以试一试。"不知道哪条鱼说。

　　"是啊，至少可以试一试。我们中国有一句话，叫作鲤鱼跃龙门，说的是大鲤鱼有跳龙门的习惯，跳过了龙门，就会变成龙。我相信中国的鱼能做到，英国的鱼也能做到。"

第八章 鱼跃龙门

"说得对！行还是不行，试了才知道，我们要拿出行动。"剪水双瞳说，"大家闪开，我来试一试。"

湍急的水流中，剪水双瞳腾身而起，逆着水流游了上去。岸上和水里，都看得清清楚楚，剪水双瞳这优美地一跃，简直堪比功夫大师，他就像被管道吸上去一般，只一会，就消失在管道里了。

剪水双瞳在水管里来回游了一圈，再次从水管处露出头时，他用尾巴打出一个"V"形的姿势。"啊，成功了！"鱼群欢声雷动，一片喝彩声。有的鱼大喊："剪水双瞳好样的！自由万岁！"

大家都不敢相信自己的眼睛，成功居然如此容易。原来，成功与失败，往往在思想和行动之间，只是试与不试的

区别。

剪水双瞳神情亢奋，眼睛瞪得大大的，用命令的口吻说："大家听着，逃生通道已经打开。从这里出去，穿过马路，在河那边会合，一起奔向自由的天堂。快，马上行动！"

"好！"水族欢呼，整个水塘沸腾了。鱼群振奋精神，个个奋勇向前，哗啦啦一个劲地往上跳，一次、两次、三次，成功了！一个、两个、三个，他们鱼贯而上。易沁河很快聚集了众多鳟鱼，他们抑制着成功的喜悦，不敢大声欢呼，只是击掌相庆。

"不行，革大叔和鱼长老怎么没有来，我要去找他们。"剪水双瞳看了看大家，又转身回去，大喊道："革大叔，鱼长老——"

"剪水双瞳，我们在这。"革胡子和鱼长老现出身形，向大家招手，鱼长老说，"孩子们，祝贺你们，你们成功了，你们都是好样的！"

"革大叔，鱼长老，你们快上来，我们一起走啊。"

"我们商量了，我们老哥俩如今都老了，走不动了，就不出去了。况且我们在这座监狱里，生活得太久了，习惯了，出了监狱反倒不适应。你们走吧，各行方便。不过，临别之际，我们送给你两个字，你要记住。"

"鱼长老，您请说。"

"这两个字就是：使命。你的使命就是，带领鱼群回家。为了这个，你不仅自己要好好地活着，而且要让所有认识你的鱼和你认识的鱼活得好。"

"为什么是我？"

"基因。因为你天生遗传了鳟鱼群最高贵的基因，洄游是你的本能。你的父母本来就是属于大海的，他们是真正的勇士，从遥远的大西洋一直洄游到这淡水区，太不容易了。他们要经过湍急的瀑布，还要翻越高高的水坝。他们到了这儿，鳞甲脱落，伤痕累累，奄奄一息。我们一直暗暗栽培你，就是在等你长大，送你回家的这一天。"

"我生下来就是孤儿，还是第一次有人告诉我关于我父母的事情。"剪水双瞳不禁有些伤感。

"不只是你，其实我们每个生命都一样，从一出生就和母体失去了联系。"鱼长老说，"然后，我们又几乎穷尽一生去追问，我是谁，我从哪里来，到哪里去？往往不得要领。到后来，很多人连追问的能力都没有了。"

"正是这样，剪水双瞳。"革胡子说，"既然你是名门之后，既然你的胆子比倭瓜还要大，那么就带着你的勇气，你的能力，回家去吧，回到生命的源头去。你不是一直在问，为什么鱼类摆脱不了被吃的命运吗？那里，也许会有你要的答案。"

"生命的源头，到底在哪里？"剪水双瞳问。

"没人知道，没人可以帮你，能帮你的，只有你自己。你要仔细倾听内心的声音，那声音里会有你的父母，你的祖父祖母的指引，他们会赋予你一张心灵地图，为你导航。

相信自己，你能成功！"革胡子的声音沧桑而温暖。

"谢谢大叔，我会记住我的使命的。你们也要保重！"

"孩子，大叔以前说了很多不中听的话，你别怪大叔，大叔也真是担心你们，怕你们出去有个闪失。以后，你们要自己照顾好自己了，外面大风大浪的，可不比家里。"即将分别，革胡子大叔忽然想起辛酸事，老泪纵横。

月色中，泪光盈盈，剪水双瞳也涌出两行透明的泪水。

第九章　名动江湖

天亮了，劳尔渔场的鳟鱼美食节盛大开幕。前来出席节日盛会的宾客，个个喜气洋洋，有全球各地的美食家、各大新闻机构的记者和当地看热闹的普通民众。

这是一年一度的大日子，劳尔渔场的渔夫分外忙碌，嗓门也特别大。这是他们最自豪的一天，美味鳟鱼节早已让他们的渔场声名远扬。这一天，渔场欢天喜地，安排了乐队，准备了美酒，架起了炉火，只等起网捕捞。他们特意加派了人手，那是自然，打捞上万条肥美的鳟鱼可是个不小的工程。

然而，第一张网收起之后，身着节日盛装的人们都惊呆了，嘴巴半天都没有合拢，没有鱼，一条鳟鱼也没有。第二网、第三网也只兜上来几条小鱼小虾。渔夫们双腿一软，

坐到了地上，记者们蜂拥而上，刨根问底。"英国渔场鳟
鱼上演胜利大逃亡"的消息很快传遍了全世界。

一家报纸这样报道："英国渔场上演胜利大逃亡。一
夜间，成千上万的褐鳟鱼逃之夭夭。"

报道所配发的图片也耐人寻味。

又如下图所示：

养殖场里的池塘与溪流之间由陆地隔开，中间有管道相通。鳟鱼就是逆流游过这条路，进入右侧的"自由天堂"。

这些鱼是怎么逃跑的呢？动物学家猜测，"那些从管道中下来的水流似乎激发了褐鳟的本能，它们可能认为这是一股瀑布，从而试图逆流而上，找到一个产卵的地方。"

让人们瞎猜去吧！此时，那些勇敢的鱼儿，上万条鳟鱼，已经身在劳尔渔场几百海里之外。鱼跃龙门，这些小鱼没有成为龙，但是，这些传说已足以让他们身披龙鳞，熠熠生光。

像当年革大侠一样，他们一夜成名，跻身英雄侠客之列，成为江湖传说。人生关键处只有几步，只要走出这一步，他们老了就有资格说，想当年，我年轻的时候……

滚滚鳟鱼群，唱着歌，排着队，浩浩荡荡，鱼贯而出，下易沁河，入英吉利海峡，向着大西洋的方向挺进。

红气球男孩也一路向西，时远时近地跟随这支部队进发，他已成为鱼群最信得过的人类朋友。他自己也还没有适应，一夜间，他和一群鱼的命运连在一起。上万条鳟鱼获得自由，那种快乐感染着他，自己压抑很久的某种情绪被释放出来，一下子舒畅很多。原来，他自己内心里也有太多的渴望一直被束缚着，跟小鱼一样需要逃亡，需要释放。更深刻的体验是，原来帮助别人只是举手之劳，却是那么快乐的事，可以获得那么大的内心满足。

剪水双瞳，也让红气球男孩学到了很多。他的勇敢，他的担当，他的使命感，这让他看起来别具魅力。一言一行都像上帝赐予了权柄，特别有力量。剪水双瞳天生是做领袖的料，要带领一群共过患难的水族，游进美好的未来。

此时，剪水双瞳又在想些什么呢？此役，剪水双瞳在鱼群中树立了极高的威望，真正确立了首领的地位。但他因胜利逃亡而亢奋的神经始终松懈不下来，他觉得自己的身体正发生着奇妙的变化，不仅全身充满了力量，还有，一个声音更加清晰地召唤着他。他不能忍受狭小的牢狱一般的池塘，就是因为这个声音的催促；他要游向未知的远方，也完全是受这声音的指引。像亲爱的父母和祖父祖母对自己的呼唤：孩子，向前！向前！那声音导航的方向，正决定着鱼群的前途和那个人类小孩的非常任务。

对了，男孩的到来让剪水双瞳对人类刮目相看，他第一次给人类以最高的尊重。按照他自己的描述，他和自己的使命有共同之处，注定会有很深的交集。但是，未来的日子，他是否经得住考验，是否还是可信赖的朋友呢？他只是一个孩子，如果不借助红气球和神奇的眼镜，不知道还能有多大作为。你是鱼，还是自求多福才是……

他隐隐觉得哪里不对。是的，太顺利了！没有遇到任何危险，原先预想中的困难一点也没有出现，原先想象的天敌似乎也一下子消失了。这不对劲儿！他不断地告诫自己不能掉以轻心，同时，他也不断地问自己同一个问题：如果鱼群遭遇攻击怎么办？这威胁，可能来自水里、地上、空中的各种杀手。鱼群太软弱了，没有武器，没有盔甲，什么都没有。我们有什么？有的只是庞大的数量，灵活的身体。未来的日子，我们只能继续跑，快快地跑！

狭长的英吉利海峡分隔了英国与法国，连接着大西洋与北海，海峡长560公里，宽240公里。狭长的海峡如今迎来这支浩浩荡荡的逃亡大军，虽然是急行军，鱼儿们却也不免东张西望，做上一回"观光客"。

的确大开眼界。鱼群没有想到，水塘外的世界如此精彩，世界上能有如此宽阔的水系，宽阔得似乎没有边际；更没有想到，他们已经这么有名了。他们一路上受到了明星般的礼遇，小到小鱼小虾这些无名之辈，大到海豚夫妇圆滚滚和粉嘟嘟这些明星大腕，都夹道欢迎。各个水族向他们敬礼致意。

水族到处传播他们的事迹，每到一地，都有粉丝要求签名、合影，对他们围追堵截，尖叫连连。还有一些，在大军过后，依然恋恋不舍，送出十里开外，更有一些，干脆加入这支水军，尾随不散。至于他们去哪里？管他呢，只要跟上偶像，生命就有了意义，生活就有了方向。仿佛这支水军不是在逃亡的路上，倒像是凯旋。

跟着就跟着吧，剪水双瞳顺其自然。一时间，鱼龙混杂，水军越滚越大。

这一天，他们来到一个富丽堂皇的国度，简直像水晶宫一般。从那清澈的水面，可以一眼看见深深的水底，一

大片珊瑚林，望也望不到边，让鱼群眼花缭乱。

在美丽的珊瑚林当中，赫然立着一座巨大的礁石。礁石的缝隙里，竟然卡放着一艘邮轮。那邮轮锈迹斑斑，就像在讲述一个古老的故事。昔日的客人已不知去向，今天的主人是水草和巨型章鱼。

最让鱼群眼花缭乱的是他们正好赶上水母皇后的选美大赛，海底世界的丽人们，一个个穿着华丽的晚礼服，争奇斗艳。那些发着银光的，是银水母；闪耀着彩霞般光芒的，叫霞水母；像和尚帽子的，是僧帽水母；仿佛船上的白帆的，叫帆水母；还有海月水母、桃花水母、灯塔水母……次第出场，个个形体翩跹，曼妙不凡。

"冲啊。"不知道是哪条鱼喊道。鱼群立刻像泄洪一般冲入清澈的海水里。随行的那对海豚夫妇更是不断地飞起，落下，溅起无数白色浪花。鱼群上下翻滚，一会儿跳出水面，一会儿潜到水底，这些冒失鬼们兴奋过头，故意跑到水母皇后的选美大派对里又蹦又跳，嬉戏打闹，直惊得水母们花容失色，纷纷避让，又吓得几只鬼灵精怪的小丑鱼东躲西藏。鱼儿们乐坏了，每一处地方都那么新奇，每一个发现都带着惊喜。

此时，他们无须再顾忌什么，终于可以欢呼胜利了！鱼群忘情地跳起舞，唱起歌，他们天生就是舞蹈家和歌唱家。在快乐情绪的感染下，水母皇后也愿意伴唱，众多水母佳丽也为他们伴舞。他们唱道：

海市蜃楼

水晶宫殿

哪一个是地

哪一个是天

无忧无虑的地

自由自在的天

海市蜃楼

水晶宫殿

哪一个是真

哪一个是幻

亦真亦假的真

如梦如幻的幻

你可知道，这是冒险家的乐园

我不怕，我不怕

人生本来就是冒险

你可知道，一旦开始就只能向前

我不怕，我不怕

年轻的心脏不知疲倦

哦，海市蜃楼

水晶宫殿

无忧无虑的地

自由自在的天

第十章　凤仪五老

　　鳟鱼湾上，越发热闹了。湖岸边，人如过江之鲫，熙熙攘攘，一派节日的喜庆气氛；水里，锦鳞红浪，多如星辰，数不过来，各个如赤炭一般，"扑通扑通"地跳跃。

　　参加节庆的人，自然分成两群，那些大人都站在地上，穿着五颜六色的节日盛装，翘首期待。而孩子们多半喜欢待在天上，喜笑颜开，在湖面上飞来飞去，追逐打闹。

　　自然，外星球男孩属于地面上的队伍。面对如潮的人群，面对天上的孩子，他自惭形秽，这种惭愧不是没有好看的衣服，而是源于"生理缺陷"。在这个奇异的国度里，没有翅膀的小孩是多么让人同情啊。男孩不禁想到那位尚未谋面的鸟叔，他是不是也会觉得孤立无援呢？按小胖墩儿所说，鸟叔是鳟鱼湾唯一长翅膀的大人，而自己是鳟鱼湾唯一不长翅膀的小孩。幸亏，有小胖墩儿陪着自己。他真够朋友。

"快看，仪式马上就要开始了。"小胖墩儿说。此时，鳟鱼湾的喧哗声忽然停歇下来，众人都伸长脖子看向湖中央。

湖中央，是一处孤岛，叫澄鲜岛。澄鲜岛最高处，那块圆圆的石头，是祭台。据说，那是一块天外飞石，是浑然天成的水晶，有几百吨重，与澄鲜岛的玉石质地完全不同，古朴厚重，发着紫莹莹的光。祭台宽阔，温润光洁，上设供桌一张，桌上有把焦尾古琴。

只听一声清幽的鸟鸣，似从天际传来，拖着婉转的尾音。却见一群长尾大鸟，忽扇着炫目的翅膀，出现在众人的视线里。那些鸟雀大小不等，姿态各异，好不热闹。而那群鸟的前面，却是一只小鸟，差不多一只斑鸠大小，刚才那一串嘹亮的鸣叫声竟是出自这只小鸟。

"真奇怪啊，一群大鸟跟着一只小鸟飞。"外星球男孩说。

"这有什么奇怪，大鸟未必就比小鸟强。"小胖墩儿说，"这小鸟，从南海出发，向北海飞翔，不遇到梧桐它不会停下来休息，不是竹子的果实它不会吃，不是甘甜的泉水它不会喝，你猜这是什么鸟？"

"你说的这些特征，像传说中的凤凰。"

"你说的是传说中的鸟，而这种鸟，算是现实中的凤凰了，它叫鸊鷉。鸊鷉到，五老先生很快就到了。"

外星球男孩听了，将信将疑。那小鸟绕着湖面飞了一圈，然后轻轻落在树上，其他鸟也纷纷落满枝丫。此时的鳟鱼湾，忽然安静下来，只有风，在枝叶间经过。

忽然，外星球男孩眼前一花，一位白衣先生飘然现身祭台上。

"快看，这就是凤仪五老。"小胖墩儿自豪地说。

"凤仪五老？另四个人呢？"外星球男孩这一问，倒把小胖墩儿问愣了，随后，他哈哈大笑起来，"你以为凤仪五老就是五个人吗？我小名二胖，你说我有几个？"

男孩这才明白，凤仪五老是一个人，只因为老先生善讲人事、人心、人本、人身、人居，当地人尊称他为五老先生，意思是五种学问都非常老到。哪五种学问？儒家的东方伦理文化，讲人事；身心平衡的生命文化，讲人心；天人合一的宇宙文化，讲人本；万物有灵的宗教文化，讲人身；敬天惜物、顺应自然的生态文化，讲人居。

听小胖墩儿娓娓道来，外星球男孩不觉惭愧。这里的小孩，跟自己年纪相仿，居然懂得这么多。

此时，凤仪五老一撩长衣，端坐祭台，将焦尾古琴抱于膝上，说不出的潇洒飘逸。他拂了拂衣袖，弹了弹手，方才轻抚琴弦。古琴之音，号称通天地元音，这一指，琴声不大，却隐隐然有风雷之声，似乎这一指带动了巨大的能量，足以传遍百里之地。原来，这澄鲜岛在山峦环抱之中，一声发出，便自然反射发出回响，起到天然扩音的作用。

湖湾数万人，个个屏息凝神，更显安静，水里"扑通，扑通"的鱼跃之声越发清晰入耳。

五老先生仰起头，双手交叠，贴于胸前，向天行礼，继而，闭上眼睛。外星球男孩偷瞄四周，却见小胖墩儿也庄重地将双手抱在胸口，双眼紧闭，一副很虔诚的样子，跟刚才嬉笑的顽童判若两人。周围人群，无不叉手闭眼，陷入静默之中。

过了许久，外星球男孩足足打一个盹的时间，但听一声轻微的琴声响起，有人拽自己衣角，"好了！"

"刚才怎么回事？"外星球男孩问小胖墩儿。

"这是我们在向天祈祷，这个姿势，双手交叉，与身心连接，抬头向天，与天地连接，意思是我们说话做事要凭天地良心，不可有一丝一毫的虚妄。"

谈话间，五老眼角眉梢都是欢笑，他开始讲话。

"感恩！"他的声音厚实而温和，像寺庙里的洪钟，"感恩上天厚待我们，感恩土地滋养我们，感恩鳟鱼湾接纳我们。三年之后，我们又回来了，就像千千万万的鳟鱼一样，回家来了。请跟你周围至少三个人说，我们回来了。"五老先生不见得有多么用力，但每一声发出，湖面都荡起涟漪，每个人无不听得清清楚楚。

"我们回来了！我们回来了！"五老先生话刚说完，整个湖岸欢声雷动，不管男女老少都相互问候，握手或者拥抱。外星球男孩觉得有趣，也跟周围的人说，"我们回来了"。说第一声，不过觉得新奇好玩；说第二声的时候，内心不禁有点感动；当他说到第三声的时候，不禁心潮澎湃，自己似乎不再是个异乡人了。

琴声又起，圆润地滑过众人的耳膜，划过粼粼的水面。五老先生站起来，临风而立，袍袖飘飘。他说："大家知道，鳟鱼节是我们鳟鱼湾最盛大的节日，也是我们最大的感恩节。我们感恩天地，就像鱼群感恩海洋一样，我们深深感恩拥有一个伟大的家园。这样一个大日子，亿尾鳟鱼回到故乡。按理说，做主人的应该好好款待。对吗？问题是，主人不在这里。我们是主人吗？"

"不是。"很多人摇头，大声说。

"我们不是主人，包括这里的很多原住民。我们最多只能算是客人——在这个星球上，我们是客人；在时间的河流里，我们是客人；对于鳟鱼湾，我们也不过暂时居住而已。那么，主人是谁？"人群静得出奇，似乎接下来，马上要揭晓一个惊天的答案。

"鳟鱼湾的主人当然是鳟鱼。他们不顾千难万险，死也要游回鳟鱼湾来。为什么？因为，他们的根在这里，他们的父母，他们的祖父祖母很早很早以前就在这里。我们呢？我要问，我们的根在哪里？"人群越发静默了。

"你会说，鳟鱼湾就是我的根啊。不，这是鳟鱼的根，不是人类的根。我们人类的根，是大千世界的源头，是天

地良心的起始。我们的根在哪里？它不在海天的交会，也不在地底的黄泉，在——这——里。"他轻轻拍了拍自己的胸口。

振聋发聩！这一番言论就像一道闪电，划过蓝色的湖湾，也像闪电一样击中了外星球男孩。这回不是他的头顶，而是内心。他恍惚记起了什么……一阵悦耳的歌声响起，刚刚浮起的念头又被冲散了。

原来，一群身穿白衣的孩子出现在祭台上方，开始歌唱：

我有一个蓝色梦想
飞出湖泊，飞向海洋
我有一个蓝色梦想
告别流浪，回到家乡

不要说我是小鱼
我们长着鸟儿的翅膀
不要说我是小鸟
我们带着人类的渴望

该回家了，我们起航
我们沿着月亮下熟悉的河床
该回家了，我们起航
我们在急流险滩里冲浪

回家，回家的道路那么漫长

妈妈，我已用尽最后的力量

回家，回家的道路那么漫长

妈妈，我已用尽最后的力量

孩子们深情演唱的这首歌，名叫《回家》。唱到动情处，他们手拉着手，张开五颜六色的翅膀，齐齐飞到空中，又以抛物线之势俯冲下去，做出种种冲浪的动作。他们，唱出了鱼群回家的千难万险，也表现了鱼群的勇敢和坚忍。人们的眼前，浮现出小鱼逆流而上，九死不悔，冲波逆流的场景，也感受到了小鱼千里奔波血管爆裂的悲壮，很多人不由得眼眶湿润，落下感动的泪水。

歌声里，湖湾起了波浪，几只海豚忽然闯了进来，一边跳跃着，一边大声地哀鸣，发出"阿不、阿不"的声音。几只海豚中，有一只全身红色，分外夺人眼球。他们鸣叫几声之后，便向湖外迅速游去了。人群开始骚动起来，不知道发生了什么事情。

"不好！这群海豚是来求救的。"五老先生说，"风神营、水神营何在？赶紧前去救援。"

鳟鱼湾健儿营一共分八部：天神营、地神营、水神营、火神营、雷神营、山神营、风神营、泽神营。风神营和水神营是主力营，风神营是空中部队，乘坐风神翼手龙，主

要负责动物保护；水神营是水上部队，乘坐快船和水兽，平时主要负责海洋管理。

五老先生的话就是命令，立即有一群青年站起身来，声声呼哨，一群风神翼手龙腾空而起，载着这些骁勇的儿郎箭一般地飞去了；这边，也有几十艘快船冲出水面，一群生龙活虎的小伙子运桨如飞，呼啸着去了；那边，也有十几道人影闪动，却是一些海豚，载着一些健壮的后生冲波逆折尾随而去。更有些胆大的孩子也"扑棱扑棱"展开翅膀，远远地跟着，去看个究竟。一时间，人声嘈杂，百鸟惊飞，湖湾上乱成一团。

五老先生语气平静，不慌不忙地说："大家不要慌，一头座头鲸在沙滩上搁浅了，我们处理这类事情是有经验的，让我们为他们祈祷。"说完，他将双手抱在胸前，众人在五老先生的带领下，向着远方祈祷起来。

上万人的祈祷声浪，在鳟鱼湾形成了一个巨大的能量场。这么多人为一头陌生的遇险鲸鱼同声祈祷，真是闻所未闻的事情。外星球男孩眼眶发热，一种非常复杂的情感冲击着他内心的堤岸，翻江倒海，一些场景没来由地开始闪回：

蔚蓝而宽阔的大西洋上，一头白色的座头鲸将胸鳍高举在波涛之上，击水、舞动，姿势分外优雅……座头鲸前进的方向，是魔鬼出没之地，张开着一张黑色的罗网；座头鲸的身后，一群食腐的幽灵衔尾而来，露出鬣狗惯有的笑容……枪炮声响，鱼群四散，海豚奔逃，巨鲸长鸣……蔚蓝的天空，飞过一群海鸟，海鸟过后，一只红气球飘过，像断了线的风筝……

"求求你，向日葵，我也要过去看看。"外星球男孩恳切地对小胖墩儿说。

"你的善心很好！不过，这时候，人多无益。先生说，无为而治，不作为是作为，不添乱是帮忙，就是指这种时候。放心，健儿营的哥哥们都是高手，不会有事的。"

外星球男孩不能肯定，高手本事有多高，但看小胖墩儿眼神坚定，就不再坚持。他那颗焦急的心却始终无法松弛下来，久久地望着远方。

第十一章 危机四伏

　　浩瀚的大西洋是世界第二大洋，面积八千万平方公里，以赤道为界分为北大西洋和南大西洋。北大西洋连接北冰洋，南大西洋与南极海接连。

　　夕辉下，波光粼粼，大西洋像晃动的翡翠，像浮动的碎银，也像靛蓝的染料晕开了似的，蓝莹莹，银晃晃，分外好看。此时，一道水线将水域分成了两半，这一半略浑浊些，那一半则清澈如镜。

　　剪水双瞳率领的鱼群沉浸在欢乐当中，他们不会想到，刚入大西洋，就引起不寻常的海洋震荡。这一波鱼汛在海洋世界里被鱼类世界的无线电传播到极远之地，接近停摆的整个海洋生态似乎一下子被鳟鱼群启动了，各种海洋生物东张西望，根据自身经验判断着眼前的形势，最危险的敌人蠢蠢欲动。

远处涌起了乌云，在这样蓝色的天际里显得分外醒目。说时迟，那时快，乌云飞快地罩了过来，却是一群白色的海鸥，遮天蔽日。海鸥是鱼类的死敌之一，他们灵活、敏捷，来无风，去无影，快如闪电，让鱼类闻风丧胆。他们最爱干的就是趁火打劫的勾当，每次鲸鱼出猎，或者是海豹打围，他们总爱跟在附近。

鱼群忽然大乱，四散奔逃，转眼间，水面上冒出了鲜血。原来是几只肥大的水獭，趁着水族得意忘形的时候，不请自到了。这些水獭一路跟踪而来，寻找着攻击的最佳时机，此刻，他们再也不想等待。突然遭受的攻击让鱼群一时方寸大乱，四散奔逃。

祸不单行，水里遭到水獭的攻击，天上碰到这么大规模的海鸥群，真是这支水军的不幸，这浩瀚的海洋，并不是小鱼的天堂。

乱阵当中，只有一条鱼还保持清醒，那就是剪水双瞳。鱼群像忽然接收到命令一般，瞬间合拢在一处，整体向水下推进，躲入巨礁后面去了。水獭们杀红了眼，毫不犹豫地追了上去。过了一会儿，石头的后面，几只水獭又跑了出来。奇怪，鱼群不见了。水獭们犹豫不决，不知该如何是好，开始兵分多路，四散寻找。

他们哪里想到，鱼群已经变样了。原来，剪水双瞳命令鱼群下沉 30 米，隐藏在巨石后面，集体伪装成一只水獭的模样，大模大样地游了出来。水獭们一心找鱼吃，却哪里会想到鱼变成了自己的同伴呢。

剪水双瞳意识到，在弱肉强食的世界里，为了抵御天敌的进攻，大家必须联合起来，集结成一个群体。当然，有一利必有一弊，鱼群集合起来，目标过大，容易暴露，给杀手以可乘之机。于是，剪水双瞳想出了伪装的办法，伪装大鱼可以巧妙地趋利避害，即使被认出，也能起到吓唬人的效果。水军的第一次劫难在剪水双瞳的伪装术中成功化解。

水里暂时无事，爆米花长嘘了一口气。遇到这样的事情，他爱莫能助。天上又如何呢？海鸥从鱼群头上呼啦啦地飞过，似乎根本没有注意到水里的鱼群，又或者他们有什么急事，根本没有停留的意思，直接从鱼群头顶飞了过去。

"好险，好险。"爆米花叹息一声。

"不好，暴风雨就要来了！"海豚圆滚滚忽然发出警告。

"怎么回事？你怎么知道？"剪水双瞳问道。

"不要以为这些海鸥忽然心慈手软，其实，他们是在躲避暴风雨呢。他们成群结队地从海洋深处飞向陆地，这是暴风雨来临前的征兆。"圆滚滚说。

果然，海上起了波浪，一股巨大的咸腥味夹杂着滔天的巨浪冲击而来。

"糟糕，又有危险了！"爆米花也发出警告。

"又有什么情况？"剪水双瞳大呼头痛。

"眼镜博士根据能量波推测，有大批敌人正在向这里

集结。水獭已经撤离，但有一群海豹正在游来，哦，海豹之后，似乎还有一些大型食肉动物。"

"怎么一下子来了这么多敌人？"

"还不知道为什么。"爆米花神情焦急，"但有一点可以确定，这批敌人非常危险，他们可不像水獭，水獭常年生活在湖泊河湾，不适应咸涩的海水，在海水里视力受到很大影响，你们的伪装才产生了效果。但这批即将到来的敌人，可是专业的海洋杀手，有着良好的跟踪能力和捕猎经验，你们要想摆脱他们，实在不容易。"

"谢谢爆米花哥哥！要来的，到底来了。我要带着部队逃生去了，你也多多保重！"剪水双瞳与爆米花抱拳告别，依依不舍。

风更大了，浪更高了，乌云倾泻下来，像在天边挂起黑色的瀑布。气压很低，乌云和海平面好像要被挤在一起，让人喘不过气来。不大一会儿，海天连成了一片，哪里是天，哪里是水都分不清楚了。

在最后一只海鸥逃往陆地之前，在眼镜博士反复警告将面临的危险之后，爆米花极不情愿地和鱼群作别。他有些惭愧，在鱼群遇到危险的时候，自己无能为力。他不明白为什么刚到大海，迎接他们的竟是如此凶险的局面。鱼群的命运将会怎样，自己又将何去何从呢？

此时，红气球带着爆米花飞速逃往岸边躲避暴风雨。风在爆米花的耳边呼呼作响，爆米花除了不断地接收海洋里的信息，关注着珊瑚林和巨礁，实在无计可施。在波涛汹涌的海洋面前，一切都变得那么渺小，那么无力。剪水双瞳，你要挺住啊。

果然如眼镜博士侦探到的，第一批海洋肉食动物来到了。一群海豹在屏幕中出现，眼镜博士马上给出相应的数据：

目标：海豹，肉食性海洋动物。身体呈流线型，这种体型，可以使他们游泳和追杀的本领发挥到极致。全球海豹一共有18种，这种是环斑海豹，是所有海豹中身体最小的一种。雄兽，长1.2米，体重70千克。

危险系数：三颗星。

……

这批环斑海豹，在珊瑚林上上下下翻腾个遍，一无所获，直搅得泥沙四起。不一会儿，这群海豹似乎发现了什么，倏地从珊瑚林里消失了。

"真是一群狡猾的家伙，海豹一定发现了鱼群的线索。"爆米花愤愤地说。

"这是大自然的法则。"眼镜博士说，"弱肉强食，适者生存。大鱼吃小鱼，小鱼吃虾米，虾米吃沙泥。鱼类要想生存下来，只有游得足够快，或者块头足够大。"

"天啊，这个块头真够大。"爆米花情不自禁叫道。墨镜上，赫然出现一排巨齿，锋利得跟匕首一般，然后，看到一个裂弧形的大嘴。即使面对屏幕，也把爆米花吓得往后仰。

眼镜博士冷静地给出一组数据：

目标：公牛鲨，号称海中狼。4米长，300千克，是最危险、最富攻击性的冷血杀手。科学家们把它视为最好斗的鲨鱼。公牛鲨是一种伏击型食肉动物，它能造成致命的创伤，无论猎物多大，它都无所畏惧。公牛鲨常常在河流的入海口逆流而上，去捕食河马和鳄鱼。

危险系数：四颗星

……

"简直一个比一个可怕。"爆米花紧张地盯着屏幕观看，只见那几只公牛鲨先是绕着珊瑚林中的巨礁转了一圈，便径直向南追过去了。爆米花忽然为那群海豹的命运担心了，和这样残忍冷血的公牛鲨相遇，不管是什么生物，都会不寒而栗。

"又来了，又来了，这堵墙是什么？"

爆米花疑问刚起，眼镜博士立刻给出完美的答案：

目标：虎鲸，绰号"海上霸王"。这只虎鲸长10米，重9.9吨，牙齿锋利，性情凶猛，善于进攻猎物，是企鹅、海豹的天敌。有时还袭击其他鲸类，大白鲨、公牛鲨也在他的菜谱之列。

危险系数：五颗星

……

爆米花看到，这几头虎鲸笨拙地东张西望，忽然张开大嘴……

　　漫天的大雨呼啸而至，屏幕一下子模糊起来。在暴风雨到来的时候，眼镜博士也失去了魔力，再也无法侦察到任何信息了。

第十二章 罪魁祸首

暴风雨整整折腾了一夜。这一夜是爆米花一生当中最难熬的。暴风雨不算什么，只是有点凉，最难熬的是内心的凉，在鱼群最最危险的时刻，他没有和他们在一起，却躲在一个说不出位置的屋檐下，他觉得愧对鱼群此前对自己的信任。

这一夜，他辗转反侧，一方面惦记着鱼群的安危，另一方面，他也有太多想不通的事情。他想不通，为什么鱼群的出现会引起海洋这么大的动静。

眼镜博士足足用了三分钟处理这个问题：原来，北大西洋洋流停止流动了。

"什么是洋流？洋流停止流动和眼前的混乱有什么关系？"爆米花问。

"简单地说，全球的海水不停地流动，形成洋流。洋流既分布于海洋的表层，构成大洋的表面环流，又分布于海洋的深层，构成深层海洋环流。洋流具有很大的规模，是促成不同海区间，大规模水流、热流和盐流交换的主要因子，而且是调节全球气候的重要因素。洋流一旦停止流动，整个气候状况、海洋生物、海洋沉积、交通运输，都会受到巨大的影响。

"洋流停止流动，最直接的影响，就是造成海洋食物中断。以往，海水的流动，带动了整个生物链，虾米吃泥沙，小鱼吃虾米，大鱼吃小鱼。现在洋流不动了，海洋食物源失去了生成的动力，食物链从最底层断裂，所有海洋生物都在挨饿。"

"是什么原因造成洋流停止流动呢？"

"是全球变暖。全球变暖导致北极的冰山融化，大量淡水流入北大西洋中，降低了海水的盐度。海水盐度变化，墨西哥湾流的运动被减缓，海水洋流也将发生变化。以往，在北大西洋区域，洋流从格陵兰岛流经北美东岸，到墨西哥湾后，会有支流流经西欧沿岸和北海地区，最后回到格陵兰岛附近海域，完成一个循环。可是，这个循环现在无法继续了，墨西哥湾流北部的洋流速度已经减缓了百分之三十，减缓的墨西哥湾流可能导致欧洲大幅降温，进入冰河期。"

"为什么全球会变暖呢？"

"导致全球变暖的主要原因是人类在近一个世纪以来大量使用矿物燃料，比如煤炭、石油，排放出大量二氧化碳等温室气体。"

"这么说，罪魁祸首还是人类本身。现在因为洋流将要停止流动，海洋食物短缺，而鳟鱼群恰恰是在这个时期进入大西洋，所以，这些海洋生物才这么疯狂？"

"完全正确，爆米花。这有可能是一场海洋灾难，更可能是一场浩劫。"

这一晚，爆米花做了一个噩梦，他迷路了，忽然走到一个海滩上，那里到处是尸体，无数巨大的鲸鱼沉尸海洋，形成了一个个绝望的坟场。海滩上，海豹、海狮、海狗、企鹅，一个压着一个，没有半点气息。活着的，倒在海岸上，无力地呻吟，翘首期待着什么。一只小海豹对着爆米花大声地叫着，它叫的，居然是"妈妈"……

从噩梦中醒来，爆米花听到一阵阵海鸥的鸣叫。窗外阳光明媚，暴风雨过去了。又是蓝蓝的天，蓝蓝的海水，像什么都没有发生过一样。海洋的脾气太古怪了，就像一个天真的巨人，发起怒来能搅得天翻地覆，事后又安静得像个孩子。剪水双瞳，你们还好么？

嘟嘟嘟……眼镜博士的搜索出现了微弱的信号。忽然，眼镜博士说："鳟鱼群找到了。地点，百慕大三角。"

"就是那个魔鬼三角百慕大吗？"爆米花问。

"是的，它还有一个名字叫丧命地狱。那里经常发生超自然的现象和违反物理定律的事件。在这个地区，已有数以百计的船只和飞机失事，数以千计的人丧生。"眼镜博士见多识广，语气平静。

"真是一个恐怖的地方啊。"爆米花说。

"不，恐惧的心理多半源于未知和不了解。事实上，百慕大三角藏着时间隧道，就是一些科学家所说的虫洞，可以去往其他宇宙。"

"这和鳟鱼群有什么关系？难不成，他们是想通过百慕大的虫洞，去往其他宇宙不成？他们是鱼啊，又怎么会知道虫洞这回事？"爆米花说。

"正因为他们是鱼，他们与人类对危险的理解不一样。求生的本能告诉他们，那里有出路。"

第十三章　魔鬼三角

爆米花怀着复杂的心情开始了新的航程。不管百慕大有多恐怖，前方的路有多凶险，他觉得都有义务去寻找剪水双瞳。他们一起经历了那么多事，彼此已经有了很深的感情，在他心里，那些鱼，已经不是向导这么简单，还是朋友。

嘟嘟嘟……眼镜博士持续发出警报。

"怎么回事？"爆米花大惑不解。

目标：远洋捕鲸船。

代号，日新丸，专为捕猎鲸鱼制造。设有捕鲸炮，探鲸仪、测向仪等专用仪器。排水量约800吨，最大航速20节左右，自持力1—2月。"

危险系数：九颗星。

……

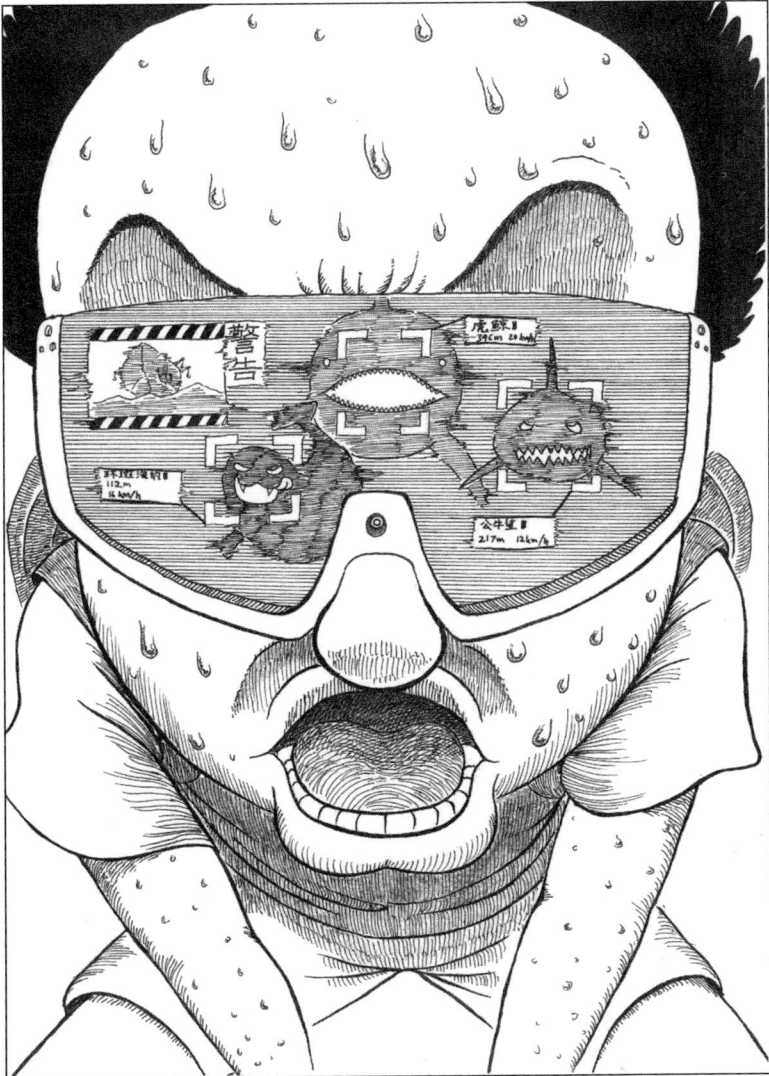

墨镜的屏幕上，忽然出现了血污的画面：一艘捕鲸船上，两头虎鲸被钢索倒吊起来，另一艘船则射出极其锋利的标枪，中枪的鲨鱼还在挣扎。那头公牛鲨想逃跑，无奈已被铁索牢牢钩住，不禁蛮劲大发，返身回来，直向那艘捕鲸船冲撞过去，可惜那艘铁船太大了，船身只是晃了一晃。公牛鲨又痛又恨，张开大嘴向铁船咬去，嘴角鲜血淋漓，生生扯下一块铁皮来，三口两口将铁皮吞进肚子去了。

"螳螂捕蝉，黄雀在后。原来，最危险的敌人，不是水獭、海豹，也不是公牛鲨、虎鲸，而是这伙坏人啊。"爆米花咬牙切齿地说。

惨烈！爆米花看到，十多条鲨鱼和鲸鱼都遭了捕鲸船的毒手。最不忍目睹的是那条公牛鲨，在被打捞到捕鲸船之后，马上被割去了鱼翅，然后投进了海里。没有了鱼翅的公牛鲨，像一只断线的风筝，向水底下沉，下沉。没有了鱼翅的鲨鱼，就像船没有了舵和桨，再也不能航行；就像鸟儿没有了翅膀，再也不能飞翔了。等待他的命运，不是疼死，就是饿死。此时，他依然愤怒地张合着大嘴，像要控诉，要报仇。

忽然，奇迹出现了，那些捕鲸船停了下来。一艘船只出现了，船上有绿色和平组织的标志。

日新丸船体庞大，是一艘捕鲸船主船，本来刚刚捕获了三头巨大的鲸鱼，在几艘小型捕鲸船的配合下，正试图将已捕获的鲸鱼卸到主船上去。不想半路杀出程咬金，希望号此时冒了出来，非常勇敢地横在高大的捕鲸船前面。此时，捕鲸船上，捕鲸枪还滴滴答答地滴着暗红色的血液。

"住手，你们赶快住手。"希望号理直气壮，高声叫道。

"你们干什么，你们这种行为简直就是海盗行为。"日新丸蛮横地说。

"海盗？真可笑，谁是海盗？你们这样大规模屠杀鲸鱼，比海盗还不如。"

"我们捕鲸是联合国同意的，用于科研。"

"用于科研要捕杀这么多鲸鱼吗？而且手段如此残忍？奉劝你们，赶快住手。"

"凭你，也奉劝我们？赶快闪开，再无理取闹，我们就不客气了。"

说话间，日新丸指挥几艘捕鲸船开始挤撞希望号，试图将其挤开。希望号船小好调头，灵活地与捕鲸船周旋。日新丸越来越不耐烦了，开足马力撞了上去……事发地不远，一头抹香鲸正从水里露出美丽的脊背。

事后，各大媒体纷纷以"绿色和平组织大战捕鲸船，日本反诬其是海盗"为标题进行报道。

让我们看看一个幸免于难的水手回忆当时的情景吧：

我们跟踪日新丸捕鲸船已经半个多月了。半个多月来，我们成功制止了多次捕猎鲸鱼行动。我们无数次高声喊话，善言相劝。我们彬彬有礼，滔滔不绝，告诉他们这种捕杀行为是可耻的。我向他们完整地解释洋流如何给生物带来食物，鱼群如何逐洋流游动，鲸类等大型生物如何尾随鱼群环球漫游，每一环都非常重要。如果鲸鱼群减少了，海洋的生物链将会从最顶层断裂，会加深动物的苦难，影响整个海洋的生态。我甚至跟他们说，我们人类和海洋生物和谐共生是多么美好的画面。

在一个暴风雨之夜，我们追踪到一次不寻常的海底生物骚动。一群鱼的出现引发了整个海洋生物的连锁反应，各海洋肉食动物纷纷出动，一路追杀到百慕大的洋面上，包括很多大型鲸鱼和鲨鱼。等我们赶到时，悲剧已经发生了，日新丸对诸多鲸鱼展开了肆无忌惮地剿杀。在海洋生物链中，最危险的不是鲨鱼，不是鲸鱼，而是人类屠夫，他们磨刀霍霍，所有的海洋生物都是待宰羔羊，海洋生态也被他们破坏得支离破碎。

当一条抹香鲸在视线里露出巨大的脊背，喷出壮观的水幕，这些红眼之徒再次举起捕鲸枪的时候，我们果断地横在了抹香鲸前面。我们劝说他们住手，他们反而说我们是海盗行为。不知道哪一个是真的海盗！打着科研的名义，行大肆捕杀之实，对鲸鱼肉和鲨鱼翅公开进行国际贩卖，这算什么行为呢？

在我们的反复劝说下，他们终于被我的喋喋不休打动了，他们不再露出讥讽的笑容，终于决定应该有所表示，算是对我们多日的教育做一点回应。一个小胡子哇啦哇啦一阵鬼叫，举起高压水枪，将我浇了个上下透心凉。这是数日来，捕鲸船对我们的唯一一次正面回答，也让我真切感受了他们的"诚意"。

那时，我拿着扩音器，说不出什么了。我抹了一把脸，吐出一口水，水花四射。在我被小胡子攻击的时刻，我的脑海里居然闪过"口吐莲花"这个词。现代文明在这场野蛮的风雨冲击面前镇定自若。

我依然拿着我的扩音器，这是我唯一的战斗工具，不，我们还有八个血肉之躯。虽然在这艘巨无霸面前，我们非常渺小。

日新丸已经恼羞成怒了，他们开足马力，冲向我们。瞬间，船被撞裂了，很多人被撞飞起来。我遵循着力学原理以抛物线的姿态飞了出去。没错，我像炮弹一样飞过蔚蓝的天际，又像海豚一样扎进湛蓝的海洋里。在我失去知觉之前，我平生第一次在心里骂人了：日新丸，王八蛋……

第十四章　视死如归

　　捕鲸船的屠杀行动，遭到绿色和平组织的阻挠和抗议。捕鲸船恼羞成怒，动用了水枪和水炮，并最终撞沉了希望号。为了保护鲸鱼，希望号就这样沉入深深的大西洋。当时，船上共有八位勇士。媒体报道，只有一人幸存。

　　另外七人并没有死，这是世人所不知道的。在危难之际，几只海豚从海面上飞速游来，在勇士们落水的地方转来转去，还大声地发出"阿不、阿不"的声音。紧接着，海天之间涌起惊涛骇浪，水花翻涌，一艘白色的"潜水艇"从海底矗立起来。那"潜水艇"越来越大，分明是一座白色的山峰。

　　忽然，那山峰上伸出一只鸟翼，在水面上轻轻一拍。啪！整个海洋似乎都要翻过来了。那日新丸和一众捕鲸船顿时东倒西歪，纷纷逃窜。

原来，这是一头极其庞大的座头鲸，那巨大的"鸟翼"只是他的胸鳍而已。几只海豚在座头鲸周围游弋，引领着鲸鱼靠近勇士落水的地方，鲸鱼用脊背将勇士们轻轻托起。

众勇士惊魂未定，纷纷趴在鲸鱼背上不敢动弹。宽阔的鲸鱼背光洁如玉，就像天鹅绒的绸缎，触手之处，说不出的细腻舒适。耳畔风雨呼啸，"船"身却纹丝不动，无须扬帆，就开始高歌猛进。

众勇士抬起头时，看到在鲸鱼头部正站着一个小男孩，八九岁年纪，留着爆炸头，戴着一副墨镜，牵着一只红气球，煞是精神。那男孩自报家门，他叫爆米花，对众位勇士的义举深表钦佩。然后指着鲸鱼说，"这是米加洛，座头鲸老爹的第九个儿子，出名的侠义心肠。"

众人大惊失色，惊呼连连。座头鲸老爹谁人不知，哪个不晓？他是海洋霸主，暴躁的脾气和体型一样巨大。说起他的体型，好几个地球的板块都驮负在他的背上，只是大象无形，很少人能一睹真容。说起他的暴躁，活动一下筋骨就会引起地震或火山爆发，打个喷嚏就能引发十级海啸。这些年，座头鲸老爹脾气无常，地震、海啸、火山爆发发生的频率是越来越高了。

米加洛的名声丝毫不在他父亲之下，白鲸米加洛身上带着更多传奇的色彩。除了脾气温和，外形俊朗，很多海洋沉船的江湖传说都与他有关，无数沉船得救的人都看见

过一头白鲸，而这白鲸出没的地方必有宝藏。

众勇士不禁感慨，昔日，道听途说神乎其神，今天，身在传说当中，亦幻亦真。大家不免对热心肠的米加洛千恩万谢。米加洛则喷出一个巨大的水幕喷泉作为应答，神情极为谦逊。他们一心一意地保护鲸鱼，身逢凶险，最终得到鲸鱼的救助脱险，也算是爱的信息的正向流动，好心有好报了。

爆米花又指着海洋里那只特别肥大的海豚说："大家先看看那只海豚，有什么特别？"

大家定睛细看，那只海豚，分明是鳟鱼群组成的。不细看，还真不能想象自然界居然有这样的事情。男孩说："这些鱼想来你们也听说过，他们正是半个月前劳尔渔场胜利大逃亡的那群鱼。这鱼群的领袖叫剪水双瞳！"大家不禁啧啧称奇。劳尔渔场的事，早已天下皆知，却不料在这里邂逅这些勇敢的鱼儿。

爆米花又指着近处的一对海豚说，"那是圆滚滚和粉嘟嘟，最爱帮助人，米加洛就是他们和剪水双瞳搬来的救兵。大家获救，也有他们的功劳！"众人连连道谢，也不知道海豚和鳟鱼群能不能听懂。

至此，这七位勇士也自报家门。蓝眼睛的这位是美国人，科学家；大鼻子的是法国人，水手；留着络腮大胡子的伊拉克人，摄影家；唯一的女性，黑珍珠，她是非洲人，潜水员……虽来自不同的国度，他们却有着共同的特征，热爱海洋，醉心环保事业。

爆米花钦佩七位勇士的勇敢，七勇士也赞叹爆米花的本领，小小男孩不但熟悉各国语言，还可以和鱼群对话，实在闻所未闻。

"不好！"爆米花忽然说道，"捕鲸船又回来了，我们回去的路被阻断了。"

日新丸果然跟踪而来。他们在撞沉了希望号之后，本想满载而归，扬长而去，未料到一头白鲸突然出现，让他们慌乱不已，更兴奋不已。他们远远地避开，也远远地跟随着。

因为有人认出，那似乎就是传说中的白鲸米加洛，这让捕鲸船上的人兴奋起来，像打了鸡血，人人摩拳，个个擦掌，急不可耐。早有江湖传闻，白鲸米加洛出没之处，必有宝藏。

"啊？这些人真是利欲熏心，不知廉耻。"七位勇士愤怒地说。

一场新的捕杀正在展开，十几艘捕鲸船呈"品"字形慢慢包抄上来。捕鲸枪被磨得雪亮，捕鲸炮也弹药充足。必要时，他们还会动用鱼雷和一众轻重枪械。鲸鱼再大，也是血肉之躯，怎经得起这冷热兵器的攻击呢？捕鲸船上所有人磨刀霍霍，双眼血红，还流着口水，如果世间真的有鬼，那就看看他们的贪婪模样吧。

"眼镜博士提示我们，我们处境危险，他们是不会放过米加洛的。"爆米花说。

"我们该怎么办？"黑珍珠问。

"看来，只能躲一躲了。"爆米花说。

"躲一躲？我们现在能躲到哪里去呢？"

"有一个地方。"小男孩说，"这里是百慕大的区域，我们可以躲进马尾藻海。捕鲸船害怕这片海，或许会放弃的。"七位勇士面面相觑，露出吃惊的样子。

"马尾藻海？"大鼻子接过话茬，"那可是百慕大的腹地，是最凶险的地方，当年发生的那些奇怪神秘的失踪事件绝大部分发生在那里。"

"那里并不可怕！"爆米花说，"外界传说，那里是魔鬼三角、死亡幽谷。事实上，那里藏着时间隧道，那些失踪事件都和时间隧道有关。"

"我也听说了。"蓝眼睛说，"百慕大存在虫洞，那些失踪的人不是死了，而是去往其他宇宙空间了。不过，这只是一种说法而已。"

"危险的确存在。"男孩说，"最危险的地方往往是最安全的地方。剪水双瞳所带领的鱼群，一路跑到这里，他们确信这里联通着另外一个世界，只是还不能确认入口的具体位置。我们跟着鱼群走，相信鱼群会带领我们。不过，很抱歉地提醒大家，有些时间隧道的引力非常大，可能会毁灭所有进入的东西，因此能不能安全通行，眼镜博士也无法测算。"

"不能通过又怎样？我们没有退路了。"大胡子站起身来，"我们是死过一回的人了。难道还怕死不成？正好，见识见识时间隧道是什么样子的，这辈子也算轰轰烈烈。"

"说得好！大胡子！我们要和鲸鱼米加洛共存亡。"黑珍珠说，"我宁可到地狱里面去见那些死鬼，也不愿到外面去看那些活鬼的丑恶嘴脸。"大家不由得哈哈大笑，豪气顿生，纷纷站起身来。在这样的时刻，大家居然笑得出来。

鳟鱼群和十几只海豚浩浩荡荡地向马尾藻海深处游去。鱼群过后，白鲸米加洛像航空母舰似的徐徐行进。白鲸的身上，站着七位勇士和一个男孩。他们迎风而立，十几只手交叠在一起，唱起歌来。

蔚蓝而宽阔的大西洋上，一头白色的座头鲸将胸鳍高举在波涛之上，击水、舞动，姿势分外优雅。他在挥手告别吗？他在和谁告别？他在指挥乐队吗？他必能指挥几万人的恢宏乐队。他是在弹奏钢琴吗？那必是一曲优美的圆舞曲。座头鲸前进的方向，是魔鬼出没之地，铺着黑色的罗网；他们的身后，一群食腐的幽灵衔尾而来，露出鬣狗般的笑容。

枪炮声响。蔚蓝的天际，一群海鸟惊慌地飞过，海鸟过后，一只红气球轻飘飘地，像断了线的风筝，向着更加蔚蓝的天边徐徐飞去。

第十五章　鳟鱼勇士

此时，的确有鲸鱼的叫声正从远方传来，这鲸鱼的叫声高亢，山鸣谷应，分明是从白色的山峰那边发出的。

鳟鱼湾，一个小男孩忽扇着翅膀飞来，他叫满天星，口齿伶俐地说道："报告大家！那白色的山峰，是一头巨大的座头鲸。现在，它在海滩上搁浅了，正在挣扎。它受了点伤，问题应该不大。健儿营的哥哥们已经到达现场展开营救。我看到，先前已有一群外星球人类围在鲸鱼周围，正对着鲸鱼泼水，看起来他们是和鲸鱼一同前来的。好啦，我再去看看，一会向你们报告最新的情况。"

不一会儿，一个小女孩飞了回来，是红鳟姑娘。她快言快语地报告着抢险的现场情况："报告大家！知道了，这头鲸鱼是大名鼎鼎的白鲸米加洛，出生于最尊贵的座头鲸家族。它迷失了航道。那些岸上的人，也很有来历，这些人是来自地球的环保勇士，为阻止捕猎鲸鱼，大战捕鲸船。我三百鳟鱼湾勇士已经会齐岸上的人，正在想办法。"

消息不断传来，湖湾上的众人，如同亲眼所见，身在现场一般。

"进展顺利！他们正在挖航道，要引渡米加洛，这对他们来说，不是难事。可是，米加洛实在太大了，他们能成功吗？我们一起加油！"

"奇迹出现了！水神营的哥哥请来了'大块头'虎鲸帮忙，大块头很有办法，它把成吨成吨的海水推到海滩上，有了足够多的水，米加洛可以返回到海里了。糟糕的是，海水来得太多太快了，有两个人滑到海里去了，大家开始救人。"

"成功了，成功了，掉进海里的人也找到了，海豚们帮了大忙。米加洛也回到大海了，看，它就在那里，不舍得离开我们呢。"

"太好了！太好了！"鳟鱼湾两岸，一时掌声四起，欢呼之声响彻云霄，惊天动地。众人目送着白色的山峰慢慢地滑向海洋深处，都由衷得高兴。不知是焦急还是激动，很多人泪光闪闪。

健儿营的小伙子们胜利归来，同时来的还有七位勇士。

"欢迎我们远道而来的七位客人。"五老先生继续主持庆祝仪式。七位勇士被人簇拥着送上澄鲜岛，他们诚惶诚恐。

虽来自另一时空，七位勇士却得到鳟鱼湾人英雄般的礼遇，人们以欢呼声和有节奏的掌声迎接这些勇士上台。

五老先生说："按照仪式流程，每届鳟鱼节都要评出最感动人心的鳟鱼勇士。这七位勇士，虽然来自另一个时空，但他们奋不顾身救助鲸鱼，足以成为我辈楷模，为我等学习敬仰。我提议，今年鳟鱼节最感动人心的勇士荣誉就颁发给他们好不好？"

"好！"人群一片喝彩声，孩子们也挥动着小手拼命鼓掌。

"不！"七勇士中唯一的女子，黑珍珠勇士上前一步，大声说道："不是我们推辞，这勇士的名号我们是不敢当的。如果真要说勇士，我说一个，无人能比。"

众人安静下来，专注地倾听这外星球女子发表高论。

黑珍珠说："他是一条鱼。你们看，就在那里。"黑珍珠手指的，是一只红色的海豚，"那红色的海豚其实是一群鳟鱼，他们的首领叫剪水双瞳。若说最感动人心的勇士，非剪水双瞳不可。"说罢，她将剪水双瞳的事迹陈述一遍：如何率众逃离水塘，胜利大逃亡，如何变身水獭、海豹、海豚，避开大西洋连环杀手的追击，又如何请来白鲸米加洛勇救七位勇士，这次，又多亏剪水双瞳搬来救兵，让大家脱离劫难，他不是勇士谁敢说是勇士，他不是英雄谁敢称英雄？

很显然，她的演讲相当感人。一时间，鳟鱼湾上，人们开始反复叫着"剪水双瞳"的名号。人群中，激动不已的还有一人——外星球男孩，很多梦里出现的事和现实重合，渐渐串成一条线。

五老先生的声音响起来："按说，鳟鱼勇士的名号不仅仅可以颁给人类，也可以颁发给任何一条鱼。的确，剪水双瞳带领鱼群逃出池塘，这是勇气；在逃亡的过程中，逃过大西洋最危险的连环杀手的攻击，这是智慧；他还帮助七位勇士和白鲸米加洛脱离险境，这是担当。这样的英雄事迹，的确堪当鳟鱼勇士。"人群热烈鼓掌，无不喜气洋洋。

说话间，那只红色的海豚飞身跃起，引得其他海豚也开始飞身跃起，嘴里发出了"阿不、阿不"的声音。那红色海豚的领袖，是一条鳟鱼，眼睛出奇地大，双眼一眨，闪闪动人。

"这条鱼就是剪水双瞳。哦？他不同意。我跟剪水双瞳沟通一下。"五老先生居然能跟鱼对话！怪不得会成为最德高望重的精神领袖。外星球男孩佩服之极。记得梦中，他也曾经具有这种本领，但那是借助一种高科技眼镜的同声传译功能。不凭借外物，自己哪里办得到？

"剪水双瞳说，不，真正的英雄不是我，是红气球男孩。"五老先生为剪水双瞳做着翻译，"是他救了我，救了我的兄弟们。红气球男孩是谁？哦，怎么说呢？是个八九岁的小男孩，戴着墨镜，留着一个很酷的发型。"

小胖墩儿忙拉了外星球男孩一把，"那个小英雄的发型很像你的呢。"

"怎么可能是我呢？"外星球男孩茫然地说。

外星球男孩的确茫然，一觉醒来，居然自己都认不出自己来。那些事迹真的是自己的所作所为吗？剪水双瞳胜利大逃亡，是凭着他自己的本领，躲过大西洋连环杀手，也是依靠他的智慧。至于百慕大救助七位勇士，更是剪水双瞳搬来的救兵，自己最多提了点建议、给了点鼓励而已，哪里能把功劳算到自己头上？

小胖墩儿不过是随便说说，也并不较真，赶紧去听剪水双瞳和五老先生讲故事了。

"他叫爆米花，我们也叫他红气球男孩，因为见到小男孩时，他身后必定跟着一个红气球，看到红气球，就会看到那个小男孩，总之，他们是形影相随，来去如风，是一对好搭档。对了，这个气球也有名字，叫小不点儿……我也不知道他们现在去了哪里，我们后来失散了。"

这时，外星球男孩已经下意识地挤到人群之外，内心涌起了无限的哀伤。是啊，见到他时，他身后肯定跟着一个红气球，看到红气球，就会看到小男孩，那个小男孩就在这，红气球去了哪里呢？不对，那个小男孩真的在这吗？我真的是那个小男孩吗？我是小英雄？可笑！简直是做梦。外星球男孩一时又恍惚起来。

人群再次欢呼起来。原来，名分定了，今年最感动人心的鳟鱼勇士是——红气球男孩，即爆米花。五老先生的评语是："小英雄红气球男孩给我们最大的感动是：作为孩子，他在乎一条鱼的感受，珍视一条鱼的梦想。他用自己的全部能力，在鱼类和人类间进行沟通，并协助鱼群争取自由，回归故乡。这样的勇士，值得万人尊敬。我提议，在鳟鱼湾的精神文化里，加这样一条：在乎一条鱼的感受，消除误解。"

这时候，外星球男孩彻底把自己跟"红气球男孩"断绝了关系。自己一定是白日做梦。自己是谁？一个经常被雷劈的倒霉蛋儿，"爆米花"的外号就是由此而来；一个经常被小伙伴嘲笑的坏孩子，说是上辈子做了坏事的人；一个学习经常赶不上趟的"后进生"，总是异想天开、经常惹祸的淘气包。人家"红气球男孩爆米花"是谁？是鳟鱼勇士，正直、勇敢的小英雄，自己怎么可能跟这至高无上的荣誉联系在一起，赢得万众欢呼呢？

人群欢呼之后，安静下来，像刚才为米加洛祈祷一样，为小英雄红气球男孩祈福，感恩他为鳟鱼湾做出了贡献，祝愿他安然无恙。

这时，一声悠扬而愉悦的叫声从海面上传来，随即，一道白色的水柱凌空而起，又散下来，形成一幕巨大的水幕喷泉，久久不散。

第十六章　教学相长

在百慕大三角力战捕鲸船的七位勇士被鳟鱼湾的民众奉为上宾，受到热情的款待。七位勇士对那位能和鱼类交流的老人也异常钦佩，他们特别提出，希望能拜访风仪五老，做一次深度文化交流。五老先生欣然同意，交流被安排在三日后，在凤凰岭见面。

三天里，七位勇士被旗鱼姐姐安排参观鳟鱼湾，鳟鱼湾奇特的风土人情迷倒了这些观光客。外星球男孩则被旗鱼姐姐安排在凤凰书院上一年级，和红鳟姑娘、向日葵、风信子及那个会播报新闻的男孩满天星在一个班，因为有熟人的缘故，他倒也不那么拘束和紧张。

旗鱼姐姐三十多岁，爱笑，一说话就露出两个甜美的酒窝，亲切极了。最有意思的是，不管什么人，年纪大的年纪小的，都管她叫旗鱼姐姐。她是凤仪五老的得力助手，凤凰书院的老师，兼任宇宙疗养师协会的会长。

旗鱼姐姐说："同学们，让我们热烈欢迎新同学！"孩子们再次一起歌唱《回家》欢迎他，让外星球男孩激动不已。

"这位新同学来自外星球，先请他做个自我介绍好不好？"旗鱼姐姐说。

"好！"小胖墩儿带头使劲鼓掌。

外星球男孩扭扭捏捏地站起身来，结结巴巴地说，"我，我，很多事都记不得了。只记得，我从小到大被雷劈过多次，所以我一碰到打雷下雨，就一定要躲在家里，不能出门。记得我还很小很小的时候，"咔嚓"，一个闪电劈下来，头发就变成这样子了。再后来，这样的事情，发生了很多次，幸好没有死……"

孩子们惊叫连连，露出真诚欣赏的神色。有的说，外星球男孩，你的经历真是太神奇了；有的说，你一定是被上天特别眷顾的男孩；还有的对他的发型很羡慕，有的称赞他说话幽默……

一时间，这位新同学有点不适应。他不知该不该感谢过去那段岁月，因为经常被人嘲笑已经练就强大的心理承受力，今天，却被同学们的"甜言蜜语"一下子解除了武装，头重脚轻，不禁有些飘飘然。他之所以不提以前常用的名字"爆米花"，是不想让人以为自己故意和鳟鱼节勇士攀扯关系。

旗鱼姐姐始终微笑着，她对自己的学生永远带着欣赏的眼光，所以，她教出一群同样有欣赏眼光的学生并不奇怪。

这几天里，爆米花没见到红鳟，也没见到五老先生。旗鱼姐姐告诉他，"想听五老先生的课没那么容易哦。即使先生来了，也不多说话，只是看自己喜欢的书而已。凤凰书院的教学方法有点特别，主要是孩子学，自学，互学，学什么呢？学自己感兴趣的东西。

"比如，向日葵对地质学感兴趣，他就可以在上课的时候，光明正大地把自己喜欢的石头摆满一桌子。红鳟对动物学感兴趣，就可以带着喜欢的飞禽走兽来上学，谁也不会干涉。

"用先生的话说，首先，教就是学。在某种层面上不是老师教孩子，而是孩子教老师。成人的思维模式已经固定了，孩子却是天马行空，能圆能方，到底是谁教谁呢？其次，教就是不教。启动孩子自学、互学的能力，那才是教的法门。"爆米花听了，似懂非懂，连连点头。

爆米花很快对小胖墩儿一桌子的石头产生了兴趣。鳟鱼湾到处是奇珍异石，孩子们视作寻常，满不在乎，只当玩物而已。有了蓝宝石扔了绿玛瑙，有了猫儿眼又扔了蓝宝石。倒是不少鸟儿，有收藏奇石的习惯。每到夜里，森林里闪闪烁烁，犹如星星一般。据说，那是鸟儿用宝石照亮呢。

现在，小胖墩儿正对着一块大个的石头敲敲打打，这石头足有十几斤重。爆米花好奇心起，凑上去问："这是什么石头？"

小胖墩儿也不答话，继续敲敲打打，打了半天，那块石头却只留下几个白印而已。他说："你看，硬着呢。"

小胖墩儿告诉爆米花，这是对冲钻石。对冲钻石的形成非常奇特，它是流星和钻石相互冲击形成的。那颗流星，本身就带着大量钻石，它砸中的地方正好是钻石矿，这样冲撞形成的钻石，就是对冲钻石，硬度非常大。

"真是太难得了。"爆米花说。

"这有什么，"小胖墩儿懒洋洋地说，"银河谷里到处都是。"

"银河谷？"

"银河谷，就是凤凰岭的后山山谷。"小胖墩儿说，"明天我们去凤凰岭，我指给你看，那里的稀有矿石特别多，像这样的对冲钻石到处都是，这算是最普通的石头了。"

约定的时间到了，这是凤仪五老先生和七位勇士见面的日子，也指定孩子们前去旁听。一大早，爆米花就跟着小胖墩儿坐上凌霄车，穿云破雾而去。小胖墩儿忽然用手一指，"马上就到凤凰岭，你看这后面，就是银河谷。"

爆米花抬眼看去，不觉眼前一亮。一个圆形的山谷，山幽谷静，处处断崖，处处岩洞，处处奇花异草。无数奇石在日光下闪耀着璀璨光华，晃得人睁不开眼睛。那是些怎样的石头呢？爆米花心里不禁一动。有机会他定要到银河谷里好好看看。

忽听一声清幽的鸟鸣，似那鹓鶵的叫声。眼下，凌霄车进入一片凰竹林，雅静清凉。一群大鸟正从林上飞过，留下扑棱扑棱的振翅声和一连串迷离的影子。爆米花的心又随那群大鸟而去，飞鸟之影，是动还是不动？

第十七章　凤凰问道

一方凉亭，耸立于山顶，凤凰岭到了。凤凰岭是神女峰最高处，山势嵯峨，若可以旅游，必是观光的最佳去处。尤其是登山回望的时候，更能体会此地风水佳绝：群山在望，万类自由，任世事繁复，一眼看尽。那岭上的凉亭，就叫观复亭。观复亭，也是巧借山石，用树木搭建，石头本在那里，树木本在那里，多一点妙手勾连，便搭建成自然雅致的凉亭了。

在观复亭周围的空地上，大家依次落座，孩子被安排在最前面。小胖墩儿偷偷对爆米花说，鳟鱼湾的重量级人士都到了，没想到今天的规格这么高。身后数百人花花绿绿，穿着隆重，那戴着雉鸡翎帽子的，是族长；那眉毛长长的，是女占星师；旁边的一女四男，是鳟鱼湾管理土地、草原、

海洋、高山、森林的领袖。

只见观复亭里，一张圆桌，圆桌旁没有椅子，五老先生和七位勇士均席地而坐。先生今天身着灰衣鹤裳，抱一把古琴，轻松惬意。在鳟鱼节上，爆米花远望过五老先生，觉得他是一位博学多识的老人，近看，先生丰神俊骨，再加以笑眯眯的表情，绝不像一百二十岁的老人，倒像个稚气未脱的孩子，让人没来由地生出亲近感来。

"各位，老头子这厢有礼！"五老先生抱拳施礼说。

"五老先生，有礼了！"七位勇士纷纷还礼。

"我叫凤仪，有凤来仪的意思，如今，凤凰是真的到了。再次欢迎七位贵客驾临鳟鱼湾！"话音未落，大家都热烈鼓掌。

"这几天，大家走走看看，有何观感，不妨直言。"

"感谢这些日子你们的照顾。"蓝眼睛勇士开口答谢，"这些日子，我们走一走，看一看，实在是不能相信自己的眼睛，鳟鱼湾的生活模式，实在是连做梦都不敢想。"

"是啊，确实匪夷所思。"大胡子勇士说，"我们所在的星球水深火热，非常希望能够好好学习一下你们的模式，将它带回我们那个星球上去。"

五老先生微微一笑，声音温和而舒缓，"你们来的地方，和鳟鱼湾所处的世界，看似是两个星球，其实是两个平行的宇宙空间，万物同根同源，本是一回事。"

"先生，我们可以提些问题吗？"黑珍珠勇士率先发问。

"当然，请问。"先生伸出手来。

"您说本是一回事，什么是本？"

"顺乎自然就是本。"

"顺乎自然？"

"自然就是道，道就是天地运行之法。根据晨夕，起居睡卧；根据四时，秋收冬藏。根据阴阳，明进退；根据地理，定行止。"

"根据阴阳，明进退，何解？"

"简单来说，日出而作，日落而息，该吃饭的时候吃饭，该睡觉的时候睡觉，就可以长寿。"

"根据地理，定行止呢？"

"看河床上的石头，来判断是不是适合居住。如果河床上满是棱角分明的大块石头，可以推断这里的山体不够稳定；如果河床上的石头小而圆滑，就可以推断在这里建筑房屋是安全的。"

"先生，说到建筑房屋，鳟鱼湾把房屋建筑在树上，实在神奇，这又是遵循怎样的自然之法呢？"大鼻子勇士问。

"这的确也是遵循自然之道。无论住在哪里，我们发现，都对那里的环境造成一定的破坏，至少为上万人口建房需要砍伐大量木材。于是，我们决定把房子建造在树上，一下子可以节省大量资源。这也不是我们的发明，我们的先祖有巢氏，早就有在树上建造房屋的先例。树也分很多种，我们为什么选择水梧桐呢？因为这种树足够高大，而且有逐水而居的特性。正好，他们走，我们就跟着走。一来，可以让土地得到休息，让地力得到恢复；二来，我们本身就是大自然的一部分，权当免费旅行吧。"

"那森林城市的交通布局是怎么考虑的呢？"大胡子勇士问。

"这个，主要考虑安全性和出行成本。城市里没有车马，可以提高安全性，特别是孩子的安全。这座城市，或上山，或下海，或到田野耕作，或去草原游玩，步行不过十几分钟。把城市压缩成一个立体的机构，就可以提高社会效益，每个人可以很方便地到达任何你想去的地方。"

"先生，我认为这是一种古老的文明。"蓝眼睛勇士说，"我还是认为，我们的工业文明更先进、更科学，但是，我又不能不承认工业文明造成了很深重的环境危机和生存危机，已经到了岌岌可危的地步。我实在困惑，哪一种文明才能保持长远的活力，才是可持续的呢？"

"非常好，您有宝贵的反思精神。不过，这中间有一个悖论，如果一种文明，不能保持长远的活力，又如何证明这种文明更先进更科学呢？不管在哪个星球，以破坏环境赢得的发展都是不可持续的。蛇能吞吃自己的尾巴果腹吗？人能吞吃自己的皮肉谋求成长吗？"

"不能！"很多孩子大声回答。

"不能！是的。看大自然是有生命的，最后保护的正是自己的生命；认为大自然是身体发肤的，最后保护的正是自己的身体发肤。是时候重新确认人类在大自然当中的位置了。请大家看看这幅画。"

旗鱼姐姐不知什么时候走上前来，面向众人展开一个卷轴。先生解释说："这是一幅很常见的东方水墨画。一个老头子像我，坐在大树下，也抱着一把古琴。人有多大呢？只占这么一个角落。整个画里，人是很小的，人在大自然里其实就这么大。如果，你非要说我很大，人是很容易骄傲自大的，尤其是贪婪和私心膨胀的时候，结果会怎么样？你们所说的水深火热、种种困境，就是后果了。"

"不是说人定胜天嘛。"蓝眼睛耸了耸肩膀。

"人定胜天，千万不要会错意哦，我们说'人定胜天'，不是人比天还了不起，这怎么可能呢？'人定胜天'是说人定比天定更重要，要心思安定，人人守住自己的本分，自求多福。掠夺索取是我们的本分吗？穷奢极欲是我们的本分吗？杀鸡取卵是我们的本分吗？我们鳟鱼湾人的回答是：不。顺乎自然，遵循自然规律行事，才是我们的本分。只有如此，才可能与道同在，延续文明。"

"先生，假如用一句话来概括，这算什么文明呢？"

"这是自然生态文明。"

第十八章　人穷返本

　　"五老先生，这真是一种抉择，选择工业文明还是选择自然生态文明，如同活着还是死去，实在关乎人类的未来。"蓝眼睛勇士说，"我知道，工业文明之路破坏自然，已经山穷水尽，可就算迷途知返，还有回头的机会吗？"

　　五老先生沉默了，他举头向观复亭外望去，似乎在寻找答案。大家也顺着他的目光看去，不禁"哦"地惊叫起来。不知何时，天际浮现出两道彩虹，山色空蒙，云深似海，那两道彩虹就像两个瞳孔，更显得鲜艳夺目。

　　"人穷返本，走到山穷水尽，转机也就该到了。"五老先生悠悠地说，"众位可有兴趣听老头子讲个古老的故事？"大家凝神屏气，侧耳倾听，这一定是个很有深意的故事了。

　　"我和我的祖上也来自外星球。从空间上看，和你们的星球是接近的，只是从时间上推算，要比你们所处的时代早几千年。想不到的是，这星球千百年后的命运比我们当时更加糟糕，到了要集体逃亡的境地了。"七位勇士听了，面面相觑。

"当年，我们的确非逃亡不可。"五老先生说，"那一年，天灾碰上人祸，人祸本就是更大的天灾，你们同意吗？先是收成不好，老百姓生活已经过不下去了，当地官府不知体恤百姓，租税一点不少，反而更多了，百姓叫苦不迭。我的爷爷是一位耿直的诗人，不平则鸣，写了一首诗为百姓鸣冤，就是那首《伐檀》，孩子们都知道。"

孩子们张口便来：

坎坎伐檀兮，

寘之河之干兮，

河水清且涟猗。

不稼不穑，胡取禾三百廛兮？

不狩不猎，胡瞻尔庭有县貆兮？

彼君子兮，不素餐兮？

……

"诗的意思就是，你们不做农活不去狩猎，却多吃多占，是何道理？我爷爷也不过是发发牢骚吧。没想到，因言获罪，惹怒了官府，说是毁谤王上，必须严惩，以儆效尤。他们画地为牢，将爷爷关了起来，这就是《伐檀》诗案。"

"先生，等一等，什么叫画地为牢？"黑珍珠问道。

"我们那时候，没有监狱，有人犯了罪，怎么办？官府就指定了他的罪名，或三天或五年，随便在地上画一个圈，让他站进去。也没人看守，自己服刑满了，走了便是，这就是监狱了。"

"那，不怕犯人跑了吗？"蓝眼睛问道。

"哦？你这个问题问得奇怪。别看我们小国寡民，诚信却比生命更重要。怎么可以一跑了事？如果犯了罪逃跑，恐怕比死了还要难受，因为人人看不起你。

"不过，问题是我们没有犯罪。农民没有犯罪，遭受着剥削，爷爷没有犯罪，却无辜受着压迫。乡民们很同情爷爷，集体上告求情，但官府坚持不肯放人，还'赏给'他们一顿皮鞭，这是多么无法无天啊。孩子们该知道那首《硕鼠》的诗，就是爷爷在这个背景下写就的。"

孩子们马上诵道：

硕鼠硕鼠，无食我黍！三岁贯汝，莫我肯顾。逝将去汝，适彼乐土。乐土乐土，爰得我所。

硕鼠硕鼠，无食我麦！三岁贯汝，莫我肯德。逝将去汝，适彼乐国。乐国乐国，爰得我直。

"此时，人人都有逃亡之心。可是，能逃到哪里去呢？现

实世界，就是一个巨大的牢房，人人都被判了罪，还不许说个不字。哪里是我们的乐土呢？哪里没有剥削，没有压迫，人人平等，满是喜乐呢？就是在这样的背景下，我们得到一个特殊的机缘，便毫不犹豫地举村搬迁，误打误撞来到鳟鱼湾了。"

"真是不幸之中的万幸！"大胡子说，"我非常同情你们的遭遇，但也非常羡慕你们。在我们的星球，我的同胞正在受苦受难，和我们相比，你们经受的苦难和委屈，实在不算什么。我们的国家掌控在强国手里，对我们予取予求，我们的人民朝不保夕，动不动就死在流弹之下。你们受了压迫还可以逃走，我们可到哪里去找鳟鱼湾这样的人间乐土呢？"说到这里，大胡子满脸悲伤。

"同室操戈，相煎何急？"五老先生说，"人和自然不能兼容，人和人不能通融，国家和国家不能包容，这真是整个人类的悲剧。把自己的幸福建立在别人的痛苦之上，这样的幸福能够长久吗？"

"先生，我很关心，你们刚到这里的时候，鳟鱼湾是什么样子？"大胡子问道。

"这个问题问得好！我们刚到鳟鱼湾的时候，还不知道鳟鱼湾这么大，一只鹰飞上一辈子也到不了边，只是找到一片土地就住了下来。后来才知道，这里的海洋、草原、高山、森林，都住着原住民，而且他们的文明程度很高。感谢他们的包容，毫不排斥我们这些外来人，而且处处照拂。大家彼此欣赏，互相学习，取长补短，渐渐地，你中有我，我中有你，形成了高度的默契。所以，鳟鱼湾的自然生态文明，是我们共同选择的结果，也是高度融合的产物，说到底，就是土地文明、草原文明、海洋文明、高山文明、森林文明等各种文明和谐共生。这种和谐，是人和自然的和谐，也是人和人的和谐，群体和群体的和谐。"

"原来如此。"大胡子勇士说，"这么看来，鳟鱼湾的模式有点难以复制。在我们那里，不要说各种文明之间，就是同一种文明也常常处于敌对状态，有你没我，有我没你，让他们相互欣赏，彼此包容真比登天还难。"

"鱼游故乡，是顺乎本性；人穷返本，是出于无奈。这么看，人不如鱼啊。"五老先生叹了一口气。

第十九章　鸟兽相亲

"五老先生，我还有一个问题。"蓝眼睛说，"你我都是误打误撞来到鳟鱼湾的。听说，鳟鱼湾的地理位置非常特殊，有很多时间通道连接到其他的宇宙空间，也经常会有外星来客误入这里？"

"这没什么，机缘巧合，什么事情都可能发生。"

"我的问题是，各种文明之间肯定相互施加影响，鳟鱼湾最后选择和坚守自然生态文明，而不选择更现代的文明，应该不是巧合吧？"

"真是一个好问题。"五老先生赞叹道，"跟你说个小故事吧。"

曾经有一个 M 星球的人来到这里，像你们一样，他们那个社会的文明程度也相当高。他们的世界，人们已经不必自己动手做任何事，一切都有机器人代劳。看到我们，他十分同情。

一位给菜浇水的老伯，要抱着水罐下到井里取水，再抱着水罐上到地面去浇菜，一次只能浇几棵。他走上前去，和老伯攀谈了起来。

"老伯，什么事都亲力亲为，何必如此辛苦呢？"

"哦，小哥，你有什么好办法吗？"

"我帮你做一种机器人，可以直接把水提到地面上来，自动给菜浇水。"

"哦？那我能做些什么呢？"

"你嘛，只需要动动手指，点一下开关就行了。然后，就可以靠在躺椅上，晒太阳了。"他得意地说。

"谢谢你的提醒。"老伯说，"你说的机械，我们也能做，但我们不愿意如此。机械这事，乃是机事，做机事，必有机心。机心一旦开启，离自然本心就越来越远了。况且，那哪里是菜呢？那是我身体的一部分。我哪里是在浇菜，我是在和宇宙大道亲近。我怎会把这样一份美差交给机器去做呢？"

故事讲到这里，五老先生停了下来。七位勇士沉默了片刻，鼓起掌来。

"受教了，醍醐灌顶。"蓝眼睛说，"能不能保持自然本心，实在也是一个指标，可以衡量一种文明到底先进与否。"

"没错。环境养心，心也养环境，我们的起心动念都能影响周遭的变化，只有这种最古老的生态文明才能养我们的自然本心，让我们的心离天道最近。近到什么程度？我想请客人们听一下《南风歌》，谁来背诵一下呢？"

众学童纷纷举手，五老先生向满天星一指，满天星立即站起，抑扬顿挫地唱诵道："南风之熏兮，可以解吾民之愠兮。南风之时兮，可以阜吾民之财兮。"

"非常好！"先生赞许道，"这是什么意思呢？"

满天星说："南风吹得好啊，南风起，百姓可就凉快啦，不受那温热之苦；南风起，风调雨顺，百姓就能有个好收成，口袋里有钱粮，就有好日子过了。"

"是的，他一见南风吹起，心里非常欢畅，就开始弹琴唱诗。"先生接过话茬，轻轻划过琴弦，圆润之极。旁边，一滴水也恰到好处地从树叶上滴落下来，滴答一声。

"当时，鱼群都浮出水面，用心聆听，鸟雀都屏住呼吸，围拢过来，梅花鹿乖乖地卧在他的身边，轻轻地摇摆着耳朵。你看，所谓人天合一的境界，就是如此了。"

"这是真的吗？他是谁？是怎么办到的呢？"黑珍珠露出不可思议的表情。

"这是真的。这个人，后人叫他舜帝爷，是一位了不起的人民领袖。他的心非常好，感召力也特别强，连鸟兽鱼虫都愿意亲近他。"

这时，山间响起清越悠扬的笛声，似乎一条游龙，瞬间飞遍了鳟鱼湾的山山水水，沟沟壑壑。继而，山上起了大风，吹得竹林簌簌作响。

大鼻子勇士离山坡最近，他的余光瞥见一只老虎。侧头看时，天啊，不是幻觉，是真的！一只色彩斑斓的猛虎正从树林里走出来，张着血盆大口，锯齿獠牙，懒洋洋地打着哈欠，一步一步踱上观复亭来。大鼻子勇士不禁惊呆了，坐也不是，跑也不是。

在老虎身上，居然坐着一个孩子，六七岁的年纪，胖嘟嘟的脸，微微翘起的鼻子，花冠草裙，横握一支竹笛，调皮地吹着小调，指挥着老虎前进。眼见得众勇士吓得仓皇失措的样儿，那孩子不禁咯咯咯地笑了。爆米花也笑了，那不是红鳟吗？

"丫头，没礼貌！还不赶快见过七位勇士。"五老先生嗔道。

红鳟抿嘴一笑，飞身跃下老虎的背脊，抱拳行礼道："见过太爷爷，见过各位勇士！红鳟这厢有礼！"声如银铃一般，清脆动听。

各位勇士战战兢兢，慌忙回礼道："好，红鳟姑娘好！"

五老先生站起身来，笑眯眯地伸手过去，摸了摸老虎的头。那老虎蹲踞在那里，还侧过大脑袋亲昵地蹭了蹭先生的手。

"红鳟来得正好，这是红鳟的大猫。大猫来了，也能向大家印证一下，人心和天道的关系。"五老先生笑眯眯地看着大家，"说起来好笑，那时红鳟还小，我带她出游，

正碰上这位老兄就在路中间这么张着血盆大口坐着，似乎就等人把脑袋伸进去，作为他的食物。

当时，红鳟走在前面，看到这么个花纹丰富的动物，喜欢极了，早就蹦跶过去，像这样摸了摸老虎的脑袋。还回头跟我说，'看哪，好大的猫啊'。"

"哈哈哈哈……"众人禁不住笑了起来。

"太爷爷，你取笑我，我那时还小嘛。"红鳟嘟着嘴撒娇道。

"是啊，她还小，是初生牛犊不怕虎。她摸着这么大个的老虎，却认为是一只猫。而老虎呢，老虎的能量等级比人高得多，比人更会读心术，人心一动，焉能瞒得过老虎？小小的孩子要跟它亲昵，又不是伤害它。于是，就像个道具一样立在那里，任她抚摸。"

"啊？！"众人惊奇不已。

"我一看，知道这老虎有求于我了。我走过去，看了看它的大嘴，原来，一根骨签扎在老虎的喉壁上，鲜血还不住地往外流淌。我命令它把嘴张大一些，手伸进去，很快就把那根骨签取了出来。"先生说得轻松随意，众人却听得目瞪口呆，呼吸不得。

"先生，你不怕老虎咬你的手吗？"黑珍珠问。

"老虎若真想咬我，岂会等我伸手进去再咬我呢？"

"真是太匪夷所思了。"众人激动地鼓起掌来。

先生缓缓说道："无它，鳟鱼湾人尊崇万物平等的理念，植物也好，鸟兽也好，矿物也好，人绝不敢凌驾于其他生物之上。每有开荒种田，必敬告天地，恐伤无辜；谷物丰收，必感恩天地，赐予我们食物；打猎捕鱼，则一概禁绝。君子谋道不谋食，谋之必取之有道，取之有度，取之有情。如此，人兽相亲，龙凤呈祥，也是自然而然的事，你再看到小孩子带着猛兽出行就不稀罕了。

"先生，等一等，您说龙凤呈祥？"大鼻子忽然发问。

"凤乃鹇鹕，龙乃恐龙，比如，风神翼手龙，你们都见过。这两个小朋友很有趣，别看鹇鹕一副温顺小巧的样子，却能让百鸟来朝，那么多五彩斑斓的大鸟都跟着他飞。为什么呢？因为百鸟敬服这鹇鹕的品格，鹇鹕非晨露不饮，非嫩竹不食，非千年梧桐不栖，传说中的凤凰就是根据鹇鹕的秉性臆造出来，却非要加上硕大的体型，华丽的翅膀。殊不知，圣人无名，神人无功，真正高贵的鸟雀也是如此朴实无华。那个翼手龙呢，样子凶巴巴的，脾气却是一等一的好，还跟风神营的小伙子们打成了一片。当然，在恐龙潭，这种好脾气的恐龙，还有很多，你们如有兴趣，不妨去观摩观摩。"

先生还未说完，七位勇士不禁惊声尖叫，交头接耳起来。天啊，不仅是风神翼手龙，还有大量其他恐龙存在？那个白垩纪时期已消失的物种在鳟鱼湾地界还活着？

第二十章　见微知著

激动人心的恐龙潭观摩旅程定在十天后。这十天里，大家非常忙碌。在一幢树屋里，七位勇士摩拳擦掌，做着准备。他们受到的震撼越多，对这个新奇的世界越好奇。他们如饥似渴地学习这里的自然生态文明，如有一天能回到地球，那么此刻的工作，就显得特别重要。

不单是七位勇士，凤凰书院的孩子们也在忙碌着。作为游学的一部分，此次恐龙潭的观摩之旅，一些孩子也会随行。游学是凤凰书院的传统，按先生的说法是向书本学，向老师学，都不如师法自然。大自然里有最大的学问，只要你用心看，用心听。

红鳟姑娘是最忙碌的，别人手里忙，而她是嘴巴忙，忙着跟同学们讲述旅行见闻。这些人当中，倒是只有她去过恐龙潭。

"喂,红鳟,快跟我们说说,听说前几天你去了恐龙潭？"小胖墩儿问道。

"当然啦，跟风神营去的，那些哥哥哪里拗得过我？嘿嘿，太过瘾了！我坐的是海东青大哥哥的绿逍遥，你们坐过吗？没有吧？它的翅膀最长、最威风。我们先去了珊瑚海，那里的海豹和海狮一个个胖得要死，也懒得要死，躺满了一沙滩，大中午的还在睡懒觉。不好玩！

"后来到了恐龙潭，好可怕。那是翼手龙的家啊，到家了还不高兴坏了！绿逍遥跟这个打打招呼，跟那个打打招呼，像我们人似的，小胖墩儿你好，爆米花你好。不信？不信拉倒。有一个巨大个的霸王龙欺负小个的，把树都推倒了，我看不惯，还踢了它一脚。我让绿逍遥悄悄飞过去，踢上一脚转身就跑。哈哈，它追不上我，气得朝我直哼哼。哼！本姑娘怕你不成？哈哈，我真是怕它，它随便一颗牙就比我的人还要大，哈哈哈……

"我们随后去了鹰之翼大草原。妈呀，好多的黄羊，铺天盖地的。海东青大哥哥说，可惜了，这些羊群一过，草原可就遭殃了。我说，吃点草看把你心疼的，草原那么大，有什么了不起嘛。

"后来，看到一头迷路的小象，太可怜了，陷在沼泽里。它的妈妈一直在远处叫它，它也急得不行。大哥哥们有办法，把小象救了出来，直到它找到了妈妈，我们这才折回来。"

红鳟姑娘伶牙俐齿，说得妙趣横生；大家听得津津有味，羡慕不已，问这问那，问东问西，别提多热闹了。

月亮高高升起，在湖岸边"剪出"一对情侣的影子，婆娑动人。男子，二十出头，宽肩乍背，身形矫健。他是风神营的领袖，绰号"海东青"。女子，名叫"鳕鱼儿"。鳟鱼湾水养人，这里的女子人人白皙，个个窈窕，再加上酷爱运动，多半骨肉匀称，身形健美。

"鳕鱼儿，谢谢你的诗。唉，我好喜欢。"海东青神色忧虑。

"哪有这么表示喜欢的呢？哥哥，你在叹气呢！"鳕鱼儿嗔道。

"我叹息的是，如此诗情画意，恐怕就要打破了。"

"哥哥，你这次出巡回来，我看你心神不宁，到底发生了什么事？"

"很不好。"

"怎么了？"

"梧桐一叶而天下知秋。这次巡游，我看到几个怪异的现象，非同小可。我很想建议族长，召开长老会。"

"这么严重，你到底看到了什么？"

"这次巡游，我看到今年草原上的黄羊群实在太多，考验着草原的承受力。狼群也超出以往，正跟随羊群向鳟鱼湾方向开来，我担心会殃及池鱼。"

"哥哥说的是，这是自然法则，食草动物和食肉动物互相影响，要保持相对平衡才是，否则便是灾难。好在这方面我们有应对经验。还有什么情况呢？"

"恐龙潭的霸王龙数量也超出以往，这对恐龙潭的生态，会带来非常不好的影响。"

"这倒是，食物链的任何一环都不能出现大的波动。"

"在珊瑚海，海狮和海豹的数量也激增得厉害。你知道，今年洄游的鱼群数量，也超出以往。"

"哥哥，你认为是……？"

"单是一个现象还不能说明什么，放在一起，问题就严重了。"海东青攥紧了拳头，"鱼群激增，黄羊群激增，狼群激增，还有鸟群激增，归结到一点，就是整个鳟鱼湾出现食物链异常的问题。这绝非偶然，也绝非寻常。我猜想到一个最大的可能，那就是在另一个时空，正面临世界毁灭的边缘，动物们的警觉性最高，他们事先出逃，进入我们的世界。"

"有根据吗？"鳕鱼儿的掌心微微出汗。

"有，恐龙潭的恐龙是什么时候出现的呢？据史书上说，是凭空出现的，没有这样的道理。按七位勇士的说法，恐龙早就毁灭于白垩纪时代的陨石雨。推算起来，正是相同的时间，鳟鱼湾出现了恐龙。"

"哥哥，您是说，这些激增的鸟兽可能来自另一个岌岌可危的星球，他们都是逃难来了。"

"正是如此，如果这个推测成立，鳟鱼湾的麻烦也就来了。先生说，大内无外，这世界是息息相关的一个整体，都是自己的事情,根本没有纯粹的别人的事。外时空出了事,我们也会受到波及;过去或未来发生了劫难,我们也将承担一系列连锁反应。"

"这太恐怖了。哥哥,还记得我们成为宇宙疗愈师的宣言吗?在世界出现问题的时候,我们会挺身而出。现在,该是我们挺身而出的时候了。"

"是的。我想,首先要找到预言中那个正直的孩子。"

"哥哥,你真的相信那个预言吗?"

海东青没有回答,却看着湖水出神,月华如水,鳕鱼儿窈窕的身影倒映在湖水里,分外美丽迷人。"啵"的一声,湖水泛起了涟漪,倒影也晃了一晃,不知哪条熟睡中的小鱼说着梦话,吐出几个泡泡来。

静默了许久,海东青喃喃地吟诵起鳕鱼儿写给他的诗:

富贵非我愿

名利非我想

鳟鱼湾中好梦

一枕月华香

今夕何太短

千载何太长

只愿纤尘不起

物我共流光

第二十一章　无涯之崖

凤凰书院，修心课，几十个孩子正在静静地打坐。一墙之隔，坐着孩子们的老师旗鱼姐姐，还有海东青。

海东青从小师从五老先生，修为已相当高。通常，人的心思和意念会自然散发出能量波，所以，即使不说话，身体已接收到这些讯息。为什么面对陌生人时，有些人让你没来由地舒服或者难受，有些人让你没来由地亲近或者厌烦？就是因为受这些能量波的影响，只是普通人无法解读这些"没来由"的能量波动而已。对于高明的修行者来说，这不是问题，他们可以借这些能量波，进入别人的内心世界，解读这些神秘的密码。对于修心多年的海东青，这么近的距离，现下，他可以轻易地进入他人的内心世界。

忽然，他觉得自己的内心一阵混乱。奇怪！有一个孩子的内心，他无论如何进不去，试了几次仍然无用。

"旗鱼姐，那是谁家的孩子，怎么以前没有见过？"海东青悄悄问道。

"哦，这孩子叫爆米花。"旗鱼姐轻声说，"鳟鱼节前，他突然出现在鳟鱼湾，被鸟叔收留，和七位勇士到来的时间差不多。"

"这孩子有点奇怪，我居然无法进入他的内心。要么，他的内心能量场非常强大，要么，就是他的内心能量混元未开。"

"依我看，这两者兼而有之。"旗鱼姐说，"先生已经暗中考验过了，他的免疫系统比常人强上数十倍，他的精神力呈蓝色。在某些文明当中，这样的孩子被称为深蓝儿童，一旦他的能量开启，就会有超常的预知能力和行动力。"

海东青听了大喜，"旗鱼姐，这孩子的品性如何？"

"要说品性，这倒差不了。先生说，今年评出的鳟鱼勇士其实就是他。他关心一个小气球的命运，在乎一条鱼的感受，再正直不过了。因为某种原因，他并不愿意承认自己就是那个孩子，我们也不好说破。"

海东青高兴得简直要跳起来了，"竟有这样的事，我居然不知。"

修心课过后，孩子们被告知安排飞行课，这让孩子们雀跃不已。鳟鱼湾提倡释放孩子天性，有自由选择权，除非重大的活动一定要参加，其他时间学生可以自由选择学

习科目，自由支配时间。说也奇怪，自由太多了，也并非那么好玩，一旦有集体活动，他们反而更愿意参加。

鳟鱼湾的孩子天生都有飞行能力，翅膀一张开就可以滑翔。但如果要去很远的地方，还需依靠交通工具。这里，最神气的交通工具当然是风神翼手龙。爆米花简直不敢相信自己的眼睛，在凤凰岭的一处悬崖上方，十几只风神翼手龙成群结队地飞来飞去，就像人类的战斗机在进行飞行表演。直到有人拍了拍自己的肩膀，他才缓过神来。

"第一次飞行吧，害怕吗？"爆米花回头一看，是一个气宇轩昂的男子。

"不怕！我太想飞了，想了一辈子了。"爆米花双眼放光，挺着胸脯说道。

"哈哈，一辈子？好长时间哪。认识一下，我是你的飞行教练海东青。"男子握住爆米花的手。

"东青哥哥，我认识你！鳟鱼节救白鲸的时候，你飞在最前头的。"

海东青点了点头，哈哈一笑，撮指打呼哨。很快，就听得天空咕噜噜的声响，一个黑影呼啦啦地破空而来。这是一只绿色的翼手龙，两翼足有二三十米长。那家伙长着一个带钩的大嘴，凶神恶煞般，落下地来，却像一只母鸡一般，绕着圈跟海东青亲热起来。

海东青抚摸着他的脑袋说："逍遥兄，有劳了！这是小兄弟爆米花，今天咱们到处转转。"那翼手龙马上蹲下身来，待海东青抱着爆米花上了脊背，便翅膀忽扇几下，向悬崖前跑。好家伙！一阵风尘起，早在半空里了。

爆米花看翼手龙"跳崖"，心里一紧，大呼救命。他拼命抱住翼手龙的脖子，心里想，我还没准备好呢。只听得耳畔风声呼啸，再睁开眼睛时，已在云天之上，这才兴奋地呼天喊地起来。

那翼手龙，背脊沉实，翼展有力，带着一大人一小孩穿林海，过山涧，上天入地，蹿高就低，稳稳当当。真是海阔凭鱼跃，天高任鸟飞。不，这是龙，天高任龙飞。

忽然，爆米花感到翼手龙身上一动，回头看时，教练不见了，人呢？但见一个人影，双臂张开，就如白鹤亮翅一般，停在半空，缓缓落下。那翼手龙打个盘旋向下冲去，轻轻接住。原来，海东青趁翼手龙贴着山峰飞过，就纵身翻上山崖，随即又悬空落下来，翼手龙心照不宣，配合得天衣无缝。爆米花早被惊出一身冷汗。

经过洗心湖上空时，海东青意犹未尽，又从百米高空翻身而下，整个人直入深蓝的湖水中，像跳水运动员一样。翼手龙背着爆米花贴着水面寻找，忽然水花飞溅，一个人哈哈一笑，飞身而出，抓住翼手龙的脚，又惊得爆米花尖叫起来。他终于明白，小胖墩儿当日说的"他们都是高手"的意思了。

此时，翼手龙越飞越高，越飞越远，不知道到了哪里。过了好一会儿，海东青说声"到了"，吩咐翼手龙降落在

一片险峻的山崖之上，任其飞去。海东青说，"你看，此处与凤凰岭相对，中间隔着银河谷。此崖也有个名字，叫作无涯。在无涯之崖练习静心打坐最是玄妙，如果心足够静，能够让时间停止，觉悟无涯的妙旨。不妨一试。"

于是，海东青选一块紧挨悬崖边的方石，盘膝对着山谷坐下，取的是双盘之势。爆米花不禁心惊肉跳，这山高不可攀，那谷深不见底，稍有差池，粉身碎骨。自己哪里有这样的胆量？他挑无涯中间的空地坐下，却只能单盘，毕竟练习的时日有限。

按照旗鱼姐姐所说，打坐是一种入静方法，也是一种定力练习，可以打开筋骨及全身的经络。初学打坐的人，通常从单盘开始练起，因为下肢关节的韧带过于紧张，会比较疼痛。单盘又叫如意坐、金刚坐，要过渡到双盘非得大量练习不可。爆米花挣扎半天，还是不能双盘，脸不禁红了。

海东青背对着他，却似背上长了眼睛，"不管单盘还是双盘，重意不在形，只要能够静心便是好的。这里是万丈悬崖，极难静下心来，恐怕一般小孩子无法做到。"

这是激将法，爆米花不禁好胜心起，放下自己所有的意念，专心吐纳起来。呼吸的时候，感觉那空气真是新鲜，酽酽的，还带着甜香。如此吐纳上百次后，整个人变得轻飘飘的。

在无涯之崖，云雾缭绕之中，这一大一小坐在那里，物我两忘，超然若仙。此时，一只白色的大鸟正自他们头顶飘然飞过。

第二十二章　不速之客

他们叫我鸟叔，我是鳟鱼湾唯一长着翅膀的大人。别人爱住在房间里，我爱住在别人的梦里。

只要我愿意，想住进谁的梦里，就住进谁的梦里。但，只有最高贵的梦，才能吸引我。梦也分高贵不高贵吗？那当然。不怕告诉你窍门，越高贵的梦越轻，色彩越斑斓，越天马行空，还又香又甜。

一般说来，孩子的梦多符合高贵的特征，鸟翼可以轻易地托着他们的梦飞来飞去。相比之下，大人的梦太沉重了，那些柴米油盐和功名富贵，起重机都吊不动，哪里是鸟翅膀驮得动的呢？

那个爆米花，并不讨人喜欢，至少我第一次遇见他的时候，这么认为。

这一天，我回到家吓了一跳，家里居然冒出一名不速之客。要知道，想找到我的家并不容易，况且，我从不与常人来往。

他是一个八九岁的小男孩，不知什么缘故，不请自来。难道说又是一个冒失鬼，误打误撞地闯进家门么？这么大的男孩子，正是爱冒险、爱逞能的年纪，看故事书看得多了，中毒够深。他们不知道，童话里的冒险，总是浪漫而有趣；而真实的冒险，则伴随满头包、无数痛苦和眼泪。

这个孩子，没哭，不仅没哭，心态好得实在不像话，居然倒在我的床上呼呼大睡。我很想叫醒他：喂，你是谁？怎么这么不礼貌？为什么招呼不打一个，就跑进我的家？为什么占据我的床，还盖着我心爱的毛毯？最气人的是，居然睡得这么香。

这孩子睡得实在太香了，他弓着身子，睡得像只小虾米。一头乱蓬蓬的头发，湿漉漉地，一张胖乎乎的小脸，白里透着粉红。更要命的是，一边睡，一边流着口水，打着小呼噜，简直把我都气乐了。

我好奇心大起，在别人家里睡得如此"安稳"，会做怎样的梦呢？于是，趁月色如银，清辉曼妙，我施展看家本领，抛出一根羽毛，托起他的梦，称了一称。羽毛轻飘飘的，在小木屋里划出优美的弧线，徐徐上升，像是最优雅的舞蹈家。很好，越轻越高贵。

　　我一定要看看，这孩子做着怎样的美梦？不想，我进入的，是何其光怪陆离的世界，这个世界，不亚于任何一部电影大片，让我忍不住有"剧透"的冲动。版权所有，未经本人允许，请不要外传才是。

　　夏秋之季，雨住风收时节，珠滚芭蕉，荷生白露，满天里云蒸霞蔚。

　　忽然，一声寒鸦哀鸣，惊飞几只鸟雀。原来，须弥山的最南端，正召开放生法会。这里，集聚了来自世界各地的最珍稀的鸟类，新西兰枭鹦鹉、巴西秋沙鸭、圣诞岛军舰鸟、摩洛哥的欧洲秃鹳和帕里拉雀、洪都拉斯祖母绿蜂鸟、黑冠鹭鸨、亚洲朱鹮……钟鼓声响，庄严肃穆，便见一片片斑斓彩翼，自丛林中飞起，直上云天。

　　只是奇怪的是，这些禽鸟被放生之后，并不四散离去，而是排起方阵，在一只长尾大鸟的带领下向更南方飞去。原来，这群禽鸟的前面，还有更多的羽雀，黑压压力的，遮天蔽日。

　　长尾大鸟的视野之左，是一群野兽，乌泱泱地铺满了陆地，角马、羚羊群中，混杂大象、野猪、麋鹿之类，还有一群野狼……此时，这些天生的敌手相安无事，只是成建制地向南方窜去。当先奔跑的一只雄狮，鬃毛低垂，夹着尾巴，不再是往日称王称霸的样子，倒像丢盔卸甲无心恋战的将军，带着夺路逃亡的架势。

　　视野之右，是一望无际的海洋。这里，同样是今日"客满"的模样。往日辽阔的大海，此刻像变得小了，波光闪耀，锦鳞游泳，不知是水在鱼中，还是鱼在水里。体型巨大的鲨鱼混进鱼群当中，乖乖地随队前行，平日凶神恶煞般虎头鲨，此刻便是温和的绵羊，似乎变成了素食者，吃斋念佛了。几十只海豚齐刷刷地从水里跃出，大口呼吸着新鲜空气，激起无数白色的浪花。

　　忽然，巨浪冲天而起，白色的浪花和水雾大片大片地弥漫开来，一座"山脉"赫然在水雾里露出身影，却是一头座头鲸。它的体型极其庞大，仅露出水面的部分就像山峰一般，至于它的尾部在哪里，恐怕视力最好的鹰眼也望不到。它俨然一座会动的岛屿，不，是活动的大陆板块。若不是它在游动，偶尔喷出接天的水幕，谁也不会相信这是活物。更惊奇的是，那"大陆板块"上居然有着数不清的小黑点，宛似无数的蚂蚁。细看之下，却是一个个有血有肉的人，或坐或卧，或拥或泣，又是悲哀又是惊喜的模样。

　　是什么缘由，让海陆空动物云集于此？那无数地球人，又为何出现在鲸鱼的脊背之上？他们又将去往何方呢？

第二十三章　秘密档案

我被震惊了，果然惊心动魄。这样光怪陆离、声势浩大的梦，我还是第一次遇到。以我常年在别人梦里活动的经验，这梦境藏着丰富的预警信息，但到底预警什么事发生，天晓得。

很多人以为，梦是现实的反映，日有所思，夜有所梦。但据我这样的专业人士看来，梦是灵魂在飞，梦完全可以超现实存在。梦里，你可以去很多地方，可以看见曾经，如同温习记忆；也可以感受陌生，如同置身电影；更神奇的，你从梦中醒来，却从现实里看到了梦境，梦想成真了。总之，梦的这种超现实存在，是真实的，包含很多已发生之事的经验，未尝不是未发生之事的蓝本。

以我对梦的了解，这个孩子一定遇到了非常之事，又或者，他预感到有什么大事即将发生，这样的判断让我对这个孩子充满好奇。他是谁？他经历过什么？为什么会做这样奇幻的梦？我决定施展我的专长，对这个孩子深入了解一番。

根据我的研究，人做过的梦会变成他（她）的经验，贮存在记忆库里。比方说，如果有人常做飞行的梦，那么，他梦里飞翔的技术就会越来越好，越飞越悠游，这是在梦里不断练习的结果。也就是说，人人有一个"记忆库"，这个记忆库里有一份专门的"梦之档案"。只要你打开这个档案，你就可以分析他的人生际遇的因果。新梦重合着旧梦的影子，如同新欢叠加着旧爱的人生。

我要进入他的记忆库，调取他的"梦之档案"，我要对他的故事做切片式研究，以探究事情的真相。这是技术活，只有本人在行，别人只有羡慕的份。随着研究的深入，一切渐渐地清晰起来。这是怎样一份绝密的"梦之档案"啊！

原来，他叫"爆米花"。他的大名得来是因为奇特的经历，年纪不大，却多次挨过雷劈。这不寻常，往往是作恶多端的人，才配拥有这样的"神迹"。一个小孩子，怎值得雷公电母如此青睐呢？

第一次被雷击，他在放风筝，只听"咔嚓"一声，他一下子被劈倒了。他站起身，屁股有点痛，别的，一点事没有；第二次被雷击，他在树林里打鸟，"咔吧"一声，一段树干被雷劈断了，继而闻到一股焦煳味，原来头发焦了；第三次被雷击，他在雨里奔跑，又听"咔嗒"一声，这次，他的头发像大人电过的头发，打起了卷儿……就这样，经过老天N次免费烫发之后，爆炸头成了他的招牌发型，"爆米花"的大名不胫而走。

"爆米花，我们先走了。"小朋友挤眉弄眼地说。

"你妈妈还没来接你吗？"同学家长关心地问他。

"看，那个就是倒霉蛋儿！"不知是谁，怀着同情的口吻说。

这些绰号，指向的是同一个他，至于他的真名，谁在乎呢？

爆米花在读的小学很特别，为了安全，围墙上都装上了高高的铁栏杆。如果镜头能对着马路对面的监狱照一照，你会发现，这两所建筑的风格非常相似，都是高高的铁栏杆，带着长矛，刺向蓝天。所以，你就可以理解，为什么每天放学，学校门口都那么热闹了，因为迎来了"放风"的时间。他们叽叽喳喳涌出校门，像蜂群一样，又像大坝开闸放水。

今天，爆米花情绪不高，有人跟他打招呼，他不理睬，似乎没有听见。他的注意力全被一个小女孩带走了，准确地说，是小女孩手里的气球吸引了他。那是一个红红的小气球，气球上面是一张大大的笑脸。弯弯的眉毛，像个月牙，微笑的嘴巴，像一朵花。爆米花不由自主地跟了上去。小女孩走，他也走，小女孩停，他也停。

小女孩在妈妈的带领下正要过街，忽然，一声汽车喇叭响起，小女孩哆嗦了一下，气球飞走了。

"妈妈，妈妈，我的气球。"女孩喊道。

"快走，快走，不要了。"女孩的妈妈头也不回。

在城市的丛林里，马路是非常危险的地带，那些全副武装的汽车是一种危险而霸道的生物，总是横冲直撞，这也是很多家长非要接送孩子的原因之一。

一排汽车过去了，又是一排。气球飘飘悠悠，落到马路中间去了。车来车往，人来人往，此时，一个小气球显得多么微不足道啊。

就在这时，一个男孩穿过车流，径直向马路中央走去，急刹车的声音非常刺耳。但那孩子什么都没听见，也没看见，呜呜滴滴的喇叭声和司机的吼叫声跟他一点关系都没有。他的世界里只有小气球，一个笑眯眯的小气球。他捡起小气球，骄傲地笑了，就像拯救了一个生命。这个男孩，正是爆米花。

"气球，你的气球！"他跑向斑马线，高高地举起手臂，大幅度地摇晃着气球，喊着。

"气球，妈妈，我的气球。"小女孩尚未走远，在妈妈肩头上向爆米花伸出手。小女孩的妈妈还是头也不回，越走越远。

正在失落中，有人从爆米花身后冲过来，劈手夺过气球，一下子扔掉了。爆米花简直不敢相信，这世界竟有这么粗鲁的人，而且那人居然是自己的妈妈。妈妈怒气冲冲地大叫道，"你这个倒霉孩子，为了一个破气球，不要命了吗？"

妈妈暴跳如雷，心都要碎了，爆米花的心也要碎了，大人统治的世界真是不可理喻，怎么就是个破气球呢？自己好不容易拯救回来的小气球，就被妈妈随随便便扔掉了。会笑的小气球，你一定要向高处飞，飞得高一点，再高一点。

人世间，又有多少美好的事物，被轻易地抛弃在街头，任其自生自灭呢！

第二十四章　眼镜博士

"喂，醒一醒！"一个温柔的声音响起。

"哦，小气球，是你吗？"男孩揉揉惺忪的睡眼说。分明是小气球，小气球居然回来了。

"是我，我来看你了，非常感谢你！今天救了我。还不知道你的名字呢。"小气球说起话来嘎巴脆，非常好听。

"他们都叫我爆米花。你呢？"男孩问。

"我叫小不点儿，认识一下吧。"小气球说。

"都是我的妈妈不好，差点害了你。"爆米花万分过意不去。

"千万别这么说，不要责怪妈妈。在妈妈眼里，孩子的安全才是最重要的。跟这个相比，一个小气球算什么呢！"小不点儿说。

"可是，大人哪里知道一个小气球对于我们的价值呢？气球能带给我们孩子欢乐，还有梦想。"爆米花喃喃自语。

"那么，能告诉我你的梦想吗？"

"我的梦想，就是像你一样，可以飞去很远很远的地方，去很多很多国家。"

"我可以帮你，作为我的报答。"小不点儿坚定地说。

"你是说，带着我飞吗？"爆米花笑了起来。

"不要小看我，要不要试试，敢吗？"小不点儿噘起嘴巴说。

"有什么不敢！"爆米花二话不说，抓住小气球。小气球轻轻一拎，奇迹出现了，轻轻松松地就把爆米花带离了地面。他显得那么轻，像棉花一样。

小气球带着男孩在屋子里转了一圈，还不过瘾，又从窗口飞了出去。窗外，空气清新，分外凉爽。此时，城市的灯光已经熄了，满天的星斗分外明亮。哦，那是什么？一些明亮的小灯笼在自己身边转来转去。原来，是一群萤火虫，好奇地眨着眼睛。

"哈哈哈哈，我好开心。到底是怎么回事？"爆米花惊喜连连，大叫起来。

"很简单，人在梦里，是没有重量的。"小不点儿笑眯眯地说，"这样的梦，出现在你的意识非常清醒的时候，又叫清明梦。如果你练习纯熟，不借助我，自己也可以操控，飞到你想去的任何地方……"

"太好了。我实在等不及了，现在就想开始我的冒险旅程了。"爆米花说。

"为什么每一个男孩子都喜欢冒险呢？我可以问你，你为什么喜欢冒险吗？"

"你问住我了，冒险也需要理由吗？"

"当然。爷爷告诉我，一个人去冒险，却不知道冒险的意义，这是一件非常无聊的事情。没有意义的冒险，就是挥霍生命，就是无谓的牺牲；没有意义地活着，就是虚度光阴，随波逐流。"

"你爷爷说的吗？听起来很厉害的样子。"

"那当然，爷爷专门研究眼镜，大家都叫他眼镜爷爷。他的实验室里有各种各样的眼镜，拥有几百项发明专利。看这个眼镜，就是爷爷的最新发明，全世界独一无二。"小气球说着，拿出一副眼镜来。

"只是一副普通的墨镜嘛，看不出有什么特别啊。"爆米花如实说道。

"开始我也这么认为。后来才知道，这真是副神奇的眼镜。不信，你戴上看看。"

爆米花将信将疑，戴上眼镜，眼前立刻出现一个屏幕。"我看到一个屏幕，有两个方块：设置，启动。"爆米花说。

"对，这是两个功能键，你有什么需要，只要对着设置键、功能键看一眼，就可以实现了。比如搜索、问询、预测、情景再现、同声传译等等。这其实是个机器人，被设计成眼镜的形状，直接受大脑控制，我们每一次思维、每一个意念都会刺激他自动更新，升级进化。爷爷给它取名叫'眼镜博士'，意思就是，你想看到什么，就让你看到什么，想知道什么，就能知道什么。"

"真的吗？我想看看小时候的我，可以吗？"爆米花说。

"当然可以，情景再现就是了。"小气球说。

爆米花只这么一想，眼镜里立刻出现一个小手指，啪啪啪一阵轻点，设置＞搜索＞情景再现＞启动……屏幕上很快呈现出视频画面：

一位妈妈和一个小孩出现在一辆拥挤的公交车上。车在摇晃，大人和孩子也左摇右晃。可是，周围的大人们自顾自地，有的看着窗外，有的装作睡觉，像没看见一样。

小孩大声说："妈妈，怎么没人给小孩让座呢？"

有人不好意思了，站起身来……

"太神奇啦！这正是我小时候。可是，眼镜怎么知道的呢？"爆米花说。

"不是眼镜神奇，是人自身很神奇哦。爷爷告诉我，世界都是由能量波构成的，我们的身体随时散发大量能量波，也会接收无限多的能量波，而眼镜负责能量波的深度解码，再进行信息合成。也就是说，那些视频影像是眼镜通过你身体的记忆功能自动还原出来的。"

"真是不可思议。"爆米花说。

"我们对自己的能力太缺少了解了。爷爷说，我们掌管逻辑的左脑,每秒可以接收七种能量波;掌管图像的右脑,每秒可以接收一万种能量波。大部分能量波贮存在潜意识里。也就是说,我们的身体真正知道的,比我们自认为知道的,至少要多一千倍。眼镜不过是把这些信息处理之后,还原出来而已。所以,当你赞叹眼镜非常神奇时,更应该赞叹的,是你自身的神奇。"

第二十五章　忧愁之谜

"太好了。我正有一个问题，总弄不明白呢。"爆米花说，"大人的世界到底怎么了，为什么每一个大人都活得那么紧张，连笑都不会笑呢？"

爆米花刚刚问出这句话，眼镜屏幕上立刻出现那只熟悉的小手，设置 > 扫描 > 全景呈现 > 启动……

他的眼前马上出现一个冒着浓烟、洪水泛滥的星球。定睛细看，星球立刻被局部放大了，原来，冒着烟、带着火的地方，有的是汽车的尾气，有的是工厂的废气，有的是战场的硝烟；那些发洪水的地方，有的是暴雨，淹没了城市地下水道，有的是冰川消融，漫过了岛屿，有的是地震海啸，席卷了城市……

画面再次被放大，一幢熟悉的地标建筑出现在爆米花眼前。东方明珠塔，那分明是自己所在的城市。超大的广场电视屏里，正播放着一场演讲。有人声音哽咽，一边说一边抹着眼泪，台下的观众很多，也是一张张忧愁的脸。那些人，男男女女，各种肤色，显然来自不同的国家。

一个男人说："我不走，马尔代夫才是我的家，如果海水来了，我宁可住在树上……"

一个女人说："地球上70亿人都应该向我们说抱歉……图瓦卢根本没有可躲的地方，如果海啸真的来了，我们该怎么办呢？"

"这是怎么回事？"爆米花满肚子都是问号。

眼镜屏幕上马上打出几行字：

一场灾难正在酝酿之中。自工业社会以来，人们大肆地进行了一场场不可逆的环境破坏。星球的磁极已经严重偏移，地心引力遭受巨大的扭曲……

"真可怕。怪不得，这世界的大人们都长着同一张忧心忡忡的脸。"爆米花想。现实世界太不好玩了，还是看看美好的未来吧。爆米花心念一动，眼镜马上啪啪啪一阵轻点，设置 > 远景预测模式 > 合成 > 启动……

这一远景预测功能非常强大，可以根据现实，自动推演未来的世界；或者，根据你的设计，自动合成影像。这一技术用于电影或电视剧，导演只要拿着剧本坐在那里想想就可以了。

然而，等了好一会儿，爆米花的眼前还是一片黑暗，什么都看不到。又过了一会儿，远方出现一个落日，红彤彤的，近处一丛丛杂草，乱蓬蓬的，一堆堆石头也是凌乱不堪，别的什么也看不见。

这时，屏幕上打出一行字：

地球，再见……

"怎么回事？人类的未来应该非常美好才是。"爆米花叫出声来。

"眼镜显示的都是真的，这就是人类的未来。"小气球叹了口气说，"这一切，很快就会发生，也许是明天，也许是明天的明天，谁知道呢。"

"这么严重？有什么挽救办法吗？"爆米花问。

"有，只是太难了。"小不点儿说。

屏幕上立刻打出一行行字：

对策一：逃离。此法可选择最先进的交通工具尽快逃离此星球。难度系数：四颗星。此法，是没有办法的办法。

对策二：改变生活方式。此法须从现在做起，改变生产和生活方式，学会和大自然和谐相处。难度系数：五颗星。此法，治标不治本，但可延缓灾难发生。

对策三：定点清除。要寻找一个正直的人，回到人类的起点，从人类最初的贪婪和犯罪开始制止。找到从前的你，消除人性的贪欲和恶念。如此，人人便是新人，人类千万年后的厄运相应改变。难度系数：六颗星。此法，可以从根本上拯救人类。

"这么说来，定点清除才是最根本的办法。可是，回到人类的起点，怎么可能呢？神仙恐怕也办不到吧？"爆米花说。

"这是一个传说：地球消失之前，会有一个正直的人回到世界的起点，拯救人类的命运。爷爷对这个传说深信不疑。他说，终有一天，那个人会肩负起这个使命。他的一言一行都像被上帝赋予了权柄，特别有力量。"

"那个人是谁呢？爷爷找到了吗？"爆米花问。

"我想我找到了。"小气球说。

"是谁？"

"是你。"

"我？"

爆米花张大了嘴巴，更别提多惊讶了。从自己的愿望出发，他恨不得自己就是那个拯救世界的人，可是，怎么可能？自己又不是超人。

"不要怀疑，我相信，就是你。"小气球说。

"你一定是弄错了，怎么会是我？"爆米花说。

"不会错。爷爷跟我说，什么才算是正直的人呢？如果他（她）对一个小气球的命运都很关心，那一定是个正直的人。按照这个标准，我找遍了世界上每一个角落，可是，只有失望。大人的世界不用说了，连孩子当中也没遇到这样的人，直到你出现。只有你那么在乎一个小气球的安危，我确定就是你。"

"等一等，就算是我，我怎样才能回到那个世界的起点呢？"

"你需要一个向导。"

"向导？你说的是眼镜博士吗？"

"眼镜博士做常规的导航还不错，但想找到世界的起点，他办不到。"

"的确太难了，谁会知道呢？"

"有人知道。"

"什么人这么伟大？"

"他不是一个人，而是一条鱼。"

"什么，一条鱼？"爆米花的眼睛瞪得大大的。

"是的，一条鱼。"小气球语气平静地说。

"这条鱼在哪儿？"

"现在，正困在水塘里。"

"太夸张了吧？鱼，怎么可能这么伟大呢？而且，困在水塘里？"

"有什么奇怪呢？洄游，是鱼类的本能啊。"小不点儿一字一句地说，"爷爷说，人自诩为万物之灵，在寻根的本事上，却远远不如一条鱼或者一只鸟。鱼，可以洄游几千海里回到祖祖辈辈生活的海洋；鸟，可以飞上数万里找到父母从前居住的家。人呢？远远不行，不借助外物，他们简直一筹莫展。他们通常以一知半解加想象和杜撰来书写自己的历史，他们寻根探幽的兴趣只局限在盗墓和鉴宝。

他们太相信社会进步和现代发明而闲置了身体的功用，他们太追求感官的享乐而忽视了周遭的痛苦。渐渐地，身体的功能退化自不必说，连情感和神经都日益麻木。为什么呢？用进废退而已。这样，你就知道，和一条充满活力的鱼相比，人显得多么不值一提啊。"

"我有点相信了。那么，这条鱼叫什么？"

第二十六章　在劫难逃

"你做梦了？"忽然，海东青问道。此刻，海东青还在静坐中，上身颀长笔直，一呼一吸虚静深长，像一尊雕塑一般，这是极高明的禅定功夫了，爆米花自愧弗如。

"是啊,真奇怪！"爆米花说,"刚才这个梦,我以前做过,现在好像重看了一遍电影。"

"如梦之梦，确是有趣的事。在梦中，人是最自由的，想飞到哪里就飞到哪里。你重新温习了一下旧梦，也并不稀奇。"

"东青哥哥，你说，人能找回从前的自己吗？"

"在别的时空，也许这只能停留在理论上，但在鳟鱼湾，却并不难，如果长老会认可。不过，真实地面对自己，未必是一件轻松的事情，并不是每一个人都能愉快地接受。"

爆米花一阵恍惚，觉得这句话如此熟悉。他想起来了，红鳟姑娘曾经递给他一面镜子，说过类似的话，"并不是每个人都敢面对真实的自己。"

"你想想，让你回到过去，"海东青继续说，"比如，遇到几千年前的你，如果那个人非常可爱也就罢了，你们可以好好聊聊，做一对最亲密无间的好朋友。但如果那人面目可憎，甚至是个穷凶极恶的坏蛋，你怎么办？"

爆米花正要回答，这时，远处传来金雕兴奋的长鸣声，但见几只金雕正向东南方飞去。海东青霍地站起身来，"没想到来得这么快！"

"怎么了？"爆米花忙问。

"记住我们今天所说的话。"海东青随后一声呼哨，不一会儿，"绿逍遥"从远处呼啦啦飞来，两人翻身上去。

正在这时，一个清脆的声音传来："东青哥哥，爆米花，我们来了！"爆米花抬眼望去，不由得喜出望外，正是红鳟和鳕鱼儿。一只同样神骏的白色翼手龙带着她们滑翔而至。到跟前，那只绿龙还和白龙亲亲热热地蹭蹭脖子。鳕鱼儿冲海东青微微一笑，海东青点点头，并驾齐驱而去。

飞过无涯之崖，直接进入草原的腹地，爆米花不觉眼前一亮。原来鹰之翼大草原如此美丽：到处是绿油油的草，艳丽丽的花，到处是各种珍奇的动物，白唇鹿、野马、双峰驼、马鹿、盘羊、漠猫、兔狲、猞猁……

爆米花只觉得耳畔风声紧急，显然翼手龙飞得极快，他既害怕，又兴奋，红鳟则泰然自若，挤眉弄眼地嘲笑爆米花胆小。海东青心急如焚，急催飞骑，径直向草原纵深处飞去。

忽然，蹄声轰鸣，似有千军万马开来。飞上一个高坡，爆米花惊呆了，远处乌泱泱一片"黑色的蚂蚁"，足有上百万只，密密麻麻。飞近前时，却是一群群黄羊。飞过黄羊群，只见一群食肉动物红着眼睛尾随而来。这种动物体型似狗，头颅似狼，身上长着老虎一样的条纹，可以像鬣狗一样用四条腿奔跑，也可以像袋鼠那样用后腿跳跃行走。

"这是什么动物？"爆米花满是好奇。

"袋狼！这是袋狼在捕猎。这种动物跑得不快，但是耐力极好，这群黄羊被他们盯上，算是凶多吉少了。不只是黄羊，他们所到之处，都很难有活物剩下了。"极远处，秃鹫和食腐的鸟类飞上飞下，在吃着袋狼剩下的食物，袋狼过处，白骨累累，血腥的场面触目惊心。

"怎么办？赶快想办法打死这些狼啊？"爆米花急了。

"不可。"海东青说，"站在人的角度来说，当然同情弱者。然而，大自然自有他的平衡运行法则，我们不能随意介入。你想，黄羊吃草，而且专吃嫩草，对草原破坏极大。没有了草原，其他的生物怎么活呢？这时，狼吃黄羊，等于间接保护了草原，是对还是不对呢？"

"可是，狼太多，也不行啊。"爆米花声音颤抖。

　　"是啊，真正的生态灾难，就是失去平衡，大家都会成为受害者。"海东青意味深长地说。

第二十七章　时间之门

鳟鱼湾一如往常一样宁静祥和，但临时召开的长老会却有几分慌乱的迹象。

"这么说，我们非搬家不可了？"一贯沉着稳重的老族长说。

"是的，以我们四处探查的情况分析，最多三日，狼群就可能到达这里，我们只能暂避危险。所幸我们早有预案，眼前的危难可以躲过去。"海东青回答。

"你们年轻人做事，我们总是放心的。"老族长说，"只是鳟鱼湾的这次劫难，非比寻常，对事情的严重性你们要有充分的预判。我们不能只看到眼前的危难，狼群固然可怕，比狼群更可怕的是祸起萧墙、人心丧乱。如果不能从根本上制止灾难发生，那么，鳟鱼湾的明天也堪忧了。"

　　"是时候了。"女星相师伛偻着身体说。她头发花白，看上去有几百岁了，声音和年纪一样古老，"相传在世界覆没之前，一个正直的孩子会冒险回到起点，消除人类最初的犯罪，拯救人类的命运。现在恐怕就是这个时候。长期以来，鳟鱼湾风调雨顺，有如仙境一般。但这些年，隐隐有诸多不祥之兆，以今年为最。很明显，我们正面临着从来没有过的危机。我认为，是外星球的生态灾难引发的连锁反应，七位勇士所在的星球风雨飘摇，危机正在向平行空间扩散。鳟鱼湾处在风暴的极远之地尚且如此，风暴中心的情况该是多么严重。还有比这更危急的时刻吗？看来，该是启动预案的时候了。"

　　"占星长老说得是。"五老先生说，"我们虽处另一时空，想要独善其身，也万万不可。该启动危机预案了，不改变人类的原罪，罪性蔓延万劫不复就难以避免。"

　　"原罪之说该怎么解释？"大胡子勇士问。

　　"要说原罪，"五老先生说，"太初之时，人们都像孩子一样天真，人和天亲近，和植物对话，与飞鸟交流是很平常的事。但自从人生了贪心私欲，就开始把公共的财产、大自然的恩赐变为自家的东西，欲望膨胀之后，更发展到大肆抢掠，同类相残的地步。追根溯源，完全是源于人性里的贪和恶，我把这种魔性看作原罪。此时，非得像预言中说的那样，送那个正直的孩子回到世界的原点，改变人类的原罪不可。"

"这么说，预言是真的了。可是，预言中是一个孩子拯救了世界，这是什么道理呢？"蓝眼睛勇士问。

"孩子，只有孩子，才有改变世界的力量。"五老先生说，"孩童的心，未受世俗污染，晶莹剔透，才有足够的赤诚转化魔性；孩童的心，尚在蒙昧状态，混沌未开，潜力巨大，才有足够的能量降伏魔性；孩童的心，生机勃勃，最强大持久，才有足够的时间改造魔性。如此，这个世界才能乾坤转换，再现生机。"

"有合适的人选吗？"老族长问。

"报告族长，有！"海东青朗声回答。

"哦？这孩子在哪里？"

"远在天边，近在眼前。"海东青指着爆米花说，"今年评出的鳟鱼勇士，其实就是他，堪称正直！"

大家一阵惊叹，都望向爆米花。爆米花跟着众人旁听会议，没想到话题会引到自己身上，脸不由得红了。

"孩子，你且过来。"老族长向爆米花招招手，爆米花只好走上前去。

"好孩子，今天能不能跟我们说说，你为什么不愿意承认自己就是鳟鱼勇士呢？"老族长亲切地拉着爆米花的手说。

"我，总觉得这不是真的，这明明是我做过的一个梦。"爆米花嗫嚅道。

"也说明你在现实里有那样的情怀，梦是心愿的达成。"

老族长说，"况且什么是真的呢？如果我说，现实才是大梦一场，而你在梦里才刚刚醒来，你能接受这个事实吗？"众人都微笑地看着爆米花，那神情，好像就他一个人蒙在鼓里似的。

"这个，我真有点接受不了。"爆米花挠挠头。

"是啊，谁能接受一个把梦境当成现实的人呢？"五老先生说，"但和那些在现实里昏睡的人相比，那些在梦境里拯救世界的孩子不是更有指望吗？梦境里住着的那个孩子，更接近真实的自己。"

"先生，什么才是真实的自己呢？"爆米花问道。

"问得好！在我们人心深处，都住着一个真实的自己，你可以叫他人性。他就像一个任性的孩子，乖起来很乖，脾气最好，最听话，整个世界都一派祥和。可是，发起脾气来，最蛮不讲理，最具破坏性的也是他，冲冠一怒，可以搅得天翻地覆，鬼神发愁。他有时很伟大，像历史上品格最高尚的伟人；他有时很渺小，像历史上最卑劣的坏蛋。我们在成长过程中，有一个义务，必须教育这个坏蛋慢慢长大，否则，整个世界也不得安宁。"

"先生，难道说，这场灾难是那个坏蛋惹的祸吗？"

"正是如此。这场足以导致地球覆灭的生态灾难，说到底，是人心的灾难；这场消除原罪的冒险，也可以认为是人性的救赎。那个惹祸的坏蛋，任性、贪婪而且自私透顶，任其胡来，他今天是淘气鬼，明天就是混世魔王。"

"我懂了，先生。如果我回到世界的起点去，找到那个坏蛋，制止这个惹祸的家伙胡来，世界也就不会恶性循环了。"

"是的，这也是人类的自我救赎。人性的向上向善，就可以挽狂澜于既倒，扶大厦于将倾。能回到过去的就回到过去，能去未来的就去未来，哪也去不了的，就努力做一个老实人吧，不给世界惹麻烦，也是为世界做贡献。"

……

此时，高高的神女峰上，一株千年古树周围，正围拢着许多人，高举双手，念念有词。这是鳟鱼湾人在跟古树商量搬家的事了。这株参天大树，独木成林，独步古今，见证过鳟鱼湾曾经的风云际会，又将走向波诡云谲的未来。

"先生，我能最后问你一个问题吗？"爆米花问五老先生。

"随便什么问题，你问。"五老先生说。

"人类为什么要回到起点？"

"因为迷路的人要回家，没有人能阻挡回家的渴望。"

"我要改变世界，可以找谁帮忙呢？"

"你自己。你是你最大的敌人，也是你最好的朋友。每个人的人性里，都住着一个坏蛋，可以自我改造，成佛成圣。"

"先生，我到底怎么回去？"

"通过时间之门。"

"时间之门在哪里呢？"

"在银河谷。在这，几亿亿光年的路程只在咫尺，过去、当下和未来就像邻居。这里，本是宇宙大爆炸的原点，也是为天地立心之所。"

"先生，等等，您说得太复杂了，我记不住。您说，时间之门在哪？"

"眼前，这个鸟窝里。"

后记

谨祝脚下的星球好运

《小鱼快跑》，是一部现代寓言故事书。本人如何评价？不是使命或冒险，穿越或奇幻，而是"天真"。

回到世界的起点，消除最初的恶；回到人性的本源，消除源头的贪，进而拯救今时今日的危局。这种"根治"疗法非常天真，或许只能出现在寓言里，只是，寓言不要成为预言才好。

凯文·凯利在《必然》一书中，说到人文学者经典的"倒带"思想实验，这个实验假定我们把历史倒退回时间的开端，让我们的文明一次又一次地从头再来。很遗憾，有些事情，无论我们重复多少次，最终都会出现同样的结果。

这提醒我们，"倒带"不要等到山穷水尽。我们所处的星球，工业化的后遗症越来越明显；生态危机裹挟着道德失守的泥石流，正威胁着人类的生存发展。此时，用孩子的眼光，重新审视这一危机，也许可以开出一剂清凉散来。

很多年前，我开始写《小鱼快跑》，力求精、美、新、奇，在文字的斟酌和情节的设置上极尽推敲。鳟鱼湾里的自然生态文明，那人类文明的黄金童年，是我为人类的明天描绘的图景。我相信"人穷返本"，行到水穷处，坐看云起时。

愿人类以梦为马，以终为始；大人永存感恩，孩子永葆天真。谨祝脚下的星球好运！

马尚田

2018-5-12 于北京